小学館文庫

置き去りのふたり

砂川雨路

小学館

置き去りのふたり

Written by

Amemichi Sunagawa

第一章

みちかは喪服を持っていない。

中学生のときに祖父が亡くなったが、そのときは制服で参列した。葬儀に出るのは成人して初めてだ。あらためて喪服を買いそろえようかとも思ったけれど、調べてみると黒いスーツでもいいらしい。就職活動で着た真っ黒なスーツに白いシャツで参列することにした。

バイトの帰り道に、コンビニで黒いストッキングと香典袋を買い、数珠《じゅず》と袱紗《ふくさ》は母親に借りた。黒い小さなバッグもだ。

髪の毛はほつれてこないようワックスをなじませひとつに結んだ。

黒い合皮のパンプスを履くと、葬儀スタイルが出来上がった。

四月後半、雨上がりの晴れた午前中だ。家を出ると、葉桜の隙間《すきま》からそそぐ太陽の光が眩《まぶ》しくて思わず目を細める。

こんな綺麗《きれい》な日に彼を送るのか。みちかは視線を青空にさまよわせた。

電車を乗り継いで到着した葬儀の会場はさほど大きくない寺で、三木《みき》家葬儀式場と立て看板が掲げられている。ちらほらと敷地に入って行く会葬者より、向かいの歩道に詰めかけたマスコミの方が目立った。五、六台の三脚。二十人前後の記者。時折、シャッターのフラッシュが光る。

芸能人の葬儀などよりはずっと少ないだろう。しかし、一般人の葬儀にはあまりに異質だった。みちかはインタビューなどを受けずに済むように、顔を伏せ足早に会場に入った。

寺の敷地内は閑散としていた。おそらくは近親者と会社の人間がほとんどで、あれほどいたはずの友人の姿は数えるほどしか見えない。受付は一ヶ所だけで、それでも列ができていたので並ぶ。本堂が見えた。花で飾られた祭壇と白々とした棺《ひつぎ》が見える。何かの冗談のように思えた。

本堂から鐘楼の方へ視線を移していくと、松下太一《まつしたたいち》の姿を見つけた。がっちりとした体形を黒いスーツで無理やり包んでいるといった感じだ。とても窮屈そうに見える。真っ黒なスーツは、今日のために慌てて買いに行ったのかもしれない。元空手家の太一は胸も肩も厚みがあり、吊《つ》るしのスーツでは微妙にサイズ感が合わないのだろう。今回の知らせは急だったから、オーダーする時間がなかったに違いない。

受付を終え、式場になる本堂へ向かう。みちかは一般の参列者なので、後方の席を選び着席した。

　ひんやりとした空気が足元から這《は》いあがってくる。外は心地よい春の日でも、日差しの届かないここは墓所のように暗く冷たい。エアコンが入っているのだろうとは思うけれど、暖かさは感じなかった。

　どさっと音をたてて、右横の椅子に着席した人物がいる。いちいち見なくてもわかる。松下太一だ。

「よお」

　太一は短く言った。みちかもまた短く答える。

「久しぶり」

　こうして会うのはふた月ぶりだった。久し振りというほど長い時間が経《た》ったわけではないけれど、学生時代毎日のように会っていたふたりの過去を思えば、やはりふた月はそれなりに長い時間だった。そして、学生時代には祭壇に飾られた写真の男も一緒にいたのだ。

「空人《そらと》、死んだとか……。びっくりだね」

　みちかは口にして、淡泊な自身の言い方に驚いた。びっくりなどと言いながら、そこまで感情が動いていない。

「ああ」

太一はそれだけ答えた。元から口数の多い方じゃない。

「サークルの子たち、あんまり見かけないけど」

「全員に連絡回したよ。何人かは、ゆうべの通夜に来たみたいだ」

短く会話する間も、お互いの顔はあまり見なかった。みちかは正面の祭壇を見つめていた。太一はうつむいているようだった。

開式が近づくにつれ、本堂には人が増えてくる。

いくつか離れた席で、親戚か近所の人なのか、中年の女性がふたり、話をしている。

「驚いたわよね」

「心中でしょう」

「今どきねえ。何があったのかしら」

声は大きいわけじゃない。だけど近くにいれば聞こえるもので、みちかは耳を塞《ふさ》ぎたい気持ちになった。

「しかも、空人くんの胃に、恋人の小指が入ってたんでしょ？」

「え？　それ報道されてるの？」

「ゆうべのニュースでやってたわよ」

「それでマスコミが増えてるのね。ゆうべの通夜より多いみたいって言ってたわ」

女性の声に触発されたのか、三十代くらいの男性数人からも「小指とかこわ」「猟奇的」「そういうヤツだったたっけ」なんて声が聞こえてくる。会社員風だが、どういった関係で参列しているのかはわからない。

みちかは横目で太一をちらりと見た。案の定、太一は怒りを押し殺すために下唇をきつく噛《か》みしめている。みちかとて同じ気持ちだった。

何も知らない人間たちに、空人を悪《あ》し様《ざま》に言われたくない。その死が確かに一般的には奇怪なものだったとしてもだ。

「太一、もうちょっと我慢ね」

太一の膝の上で固く握られた拳を、みちかはぽんぽんと手で軽くたたいた。

「……わかってる」

低く唸《うな》るような返事が返ってきた。

葬儀はつつがなく進行した。焼香以外は、じっと座っているだけでいい。閉式の言葉があり、引き続き出棺《しゅっかん》に向けてお別れの儀が執り行われる。

みちかはこの瞬間まで親友の棺を覗《のぞ》くことをしなかった。白いユリとアイリスを手に棺に歩み寄る。

棺の中で、三木空人は眠るように穏やかに横たわっていた。茶色に染められたサラサラの髪も、端整な顔も、優しい表情も何も変わっていない。みちかは短く息をついた。表情が苦悶《くもん》に歪《ゆが》んでいたらどうしようと思っていたけれど、少なくとも空人の最後の表情は生きているときと変わらないものだった。

同時に、確かに空人は死んでいるのだと思った。目の前の遺体からはひんやりした冷気を感じたし、その全身が硬くなっているだろうことは、見ただけで想像ができた。死に化粧が施されていても、顔は青白く生者のそれではない。見えない部分には、死因となった傷などもあるのだろう。

空人の命は、もうここにはないのだ。

目の前の遺体を確認し、頭で理解しておきながら、まだみちかの心は判然としなかった。空人が死んだことが受け入れられない。悲しいより、意味がわからないのだ。

みちかの隣で、大きな手で菊と胡蝶蘭《こちょうらん》の花茎を棺に差し入れるのは太一だ。

太一の横顔を見て、彼もまた自分と似た感覚でいるのだろうとみちかは思った。太一も、どこか呆《ほう》けたような心ここにあらずといった表情をしている。同じだ。ここが現実なのか、長い夢の途中なのかがわからない。自分たちは今、何をしているのだろう。棺に花を入れている？　なぜこんなことをしているのだろう。

みちかは棺から離れ、太一が寄り添うように横に並んだ。親族も離れ、棺に蓋がされる。

出棺だ。いかにもな霊柩車《れいきゅうしゃ》ではなく、黒のスマートな乗用車に棺は乗せられる。これから空人の肉体は荼毘《だび》に付され灰になる。

自分たちとともに大学に通い、遊び、酒を飲んだ親友の身体《からだ》はこの世から消えてなくなるのだ。

みちかは太一と並び、出棺を見送った。最後まで涙は出なかった。


太一の住むアパートはみちかの住まいから三つ離れた駅の近くにある。帰り道はほぼ一緒のルートだった。

平日午後の下り電車は空《す》いていた。高架を渡るとき、がたんごとんと規則的に電車が揺れる。みちかはドアにもたれ、外を眺めていた。窓ごしの春の陽光があたたかい。目の前の太一も、くたびれたように車窓を見つめていた。

「ねえ、太一」

自分の声は随分疲労している。聞かなくてもいいかと思っていたことを、みちかは敢《あ》えて口にする。

「空人のこと、好きだった？」

私と同じ意味で。それは言葉にしなくても太一に伝わっている様子だ。

太一は随分黙っていた。唇を結び、視線は窓の向こう。もうじき、太一の最寄り駅だという頃合いになって、ようやくぼそりと返事がきた。

「ああ、そうだよ」

みちかはゆるゆると瞳を伏せた。依然悲しいという感情は浮かんでこなかった。

「私たちの想い人《おもひと》は死んでしまったのか」

まるで他人ごとのように響いた言葉は、ホームに滑り込む電車の警笛にかき消された。


好きな人が死んでも朝は来るし、仕事はやってくる。生きて行かねばならない身の上に、金銭を稼ぐことは大事で、みちかは今日もファミレスにアルバイトに行く。

大学を出てすぐに勤めた複合機リースの会社は三ヶ月で辞めてしまった。それ以来、大学時代のアルバイト先であるファミレスがみちかの職場だ。

今日も十六時にメイクのために洗面所に向かう。ファンデーションを塗り、眉毛を描くだけ。口紅は塗らないし、アイラインもマスカラもしない。なんの工夫もない最低限のメイクだ。

ジーンズにカットソー、帰りが遅いので防寒のナイロンパーカーを鞄《かばん》に入れる。

「あんた、これからバイトなの？」

一階に降りて行くと、母親と廊下でかち合った。

「うん」

「それじゃあ、お夕飯いらないじゃない。なんでもっと早く言わないの」

今日の上がりは二十二時だ。帰ってから食べるかもしれないし、お腹《なか》が減ってなければ食べないかもしれない。だけど、それを言えば母親は怒るだろう。みちかは面倒くさい気持ちで答えた。

「ごめん、いらない」

「もう」

母親は苛立《いらだ》たしそうにため息をついた。

「シフトはカレンダーに書いておいてって言ってるでしょ。みちかの勤務はバラバラで、こっちもいつ食事を準備すればいいかわからないのよ」

家族と暮らすというのはこういう部分が面倒だ。食事にしろ、風呂や車の使用にしろ、家族に予定を伝え調整をしなければならない。

ひとり暮らしをすればいいのだろうが、アルバイトの給料でかつかつの生活をするくらいなら、実家の不自由に耐えた方がマシだ。

そんな計算のもと、みちかは実家暮らしを続けている。娘がフリーターであることを両親や姉が心配し、不満に思っているとしても。

母とやりとりをするのが嫌なので、少し早めに家を出た。バイト先までは普段は自転車。今日はこれから雨の予報なので、徒歩にした。

湿度を含んだ温《ぬる》い風が吹いていた。空はどんよりとしている。

空人の葬儀から四日が経った。空人の死からはちょうど一週間だ。

空人はもうこの世界のどこにもいない。それは、なんとも現実感のない事実だった。親友であり、みちかにとってはただひとりの想い人であった空人。大好きだった彼は恋人と一緒に死んでしまった。

出会ったのは大学一年生のとき。同じタイミングでスポーツサークルに勧誘されて、一緒にフットサルを見学した。体験入部に誘われて、懇親会だと食事に連れて行かれて、その間ずっと隣にいたのが三木空人と松下太一だった。

明るくて爽やかな空人、がっしりしていてちょっと怖そうな太一。だけど、見知らぬ先輩に囲まれている状況で、同い年のふたりは心強い仲間に感じられた。それはみちかだけが感じていた感覚ではなく、ふたりも同じだったようだ。

懇親会の翌日には、約束して集まった。ファミレスでタブレットにシラバスを映して、講義の時間割を作った。時間割作成は入学して最初の面倒な作業だったけれど、仲間がいれば心強い。なにしろ、他に友人はいない。出会ったばかりのみちかたちは、何時間もファミレスに居座り、夢中で喋《しゃべ》りながら作業した。空人は経済学部、太一は文学部、みちかは社会学部。共通の教養、教職課程の講義は、合わせて履修し、一緒に出ようと約束した。

『香野《こうの》と松下が一緒なら、昨日のスポーツサークルに入ってもいいかな』

時間割を作り終え、ドリンクバーのジュースを飲みながら、空人が人なつっこく言った。

『ぼっちで緊張してたからさ、香野と松下に昨日会えてよかったなあ』

男の子って、こんなに無邪気な笑顔を見せるんだ。みちかは空人の眩しい笑顔に、そんなことを思った。中高は女子校、異性の友人はそれまでいなかった。男性との距離感がわからない。空人の爽やかで明朗な空気は緊張感や警戒心を取り払ってくれた。

『俺も大学からこっちでひとり暮らし。他に知り合いもいない。三木と香野となら、昨日のサークルに入ってもいい』

太一がぼそっと答えた。話してみれば怖い男ではないとすぐにわかった。みちかは嬉《うれ》しくなって頷《うなず》いた。

『私もいいよ。授業とかサークルとか、困ったら助け合って行こうよ』

『じゃ、俺たち友達で、仲間な』

空人が言って、左手を差し出した。

『指切りげんまん』

こうして、みちかたちの大学生活は三人で始まった。一緒に講義を受け、サークル活動をし、暇なときは太一のひとり暮らしの部屋に集った。毎日が輝くような日々だった。

みちかの中で空人の存在が友達以上のものに変化し始めたのはいつだっただろう。ふと隣にいる空人のことを誰にも見せたくなくなった。空人が笑うのは、自分と太一の前だけでいいと思ったし、愛想がよく誰とでも仲の良い空人に苛立つような感覚を覚えたのも一度や二度じゃない。顔立ちが良く、品があり、だけど気さくで朗らかな空人。みちかの中で淡い、いや思ったより濃密な感情が育つ。空人と彼氏彼女になったら、きっと毎日が幸せに違いない。空人の綺麗な茶色の瞳に、自分だけが映っていることを想像すると、居ても立ってもいられないような気恥ずかしさを覚えた。

しかしそんな存在を周囲も放ってはおかない。空人はあっという間にサークル内の人気者になった。そして、大学内でも目立つ存在になっていた。

空人を狙う女子は多く、みちかは悩むまでもなく自身の恋心を隠した。軽薄に近づいてくるミーハーな女子と一緒にされたくなかった。

空人は親友なのだ。彼が自分と太一を特別な友人として見ていることを誇るべきであり、恋心など持ち出すべきではない。

空人は三人でいれば、どんなときよりリラックスしているように見えたし、自然体だった。それはきっと、恋人関係よりも得難い至上の関係。この友情と絆《きずな》を大事にしよう。

そう思うことで、みちかは初めての恋心に蓋をした。痛みがなかったわけではない。それでも、誰より抜きんでて空人の近くにいる自信が、みちかを支えた。

「みちかちゃん、暇だからってぼうっとしない。フロアから見えるわよ」

同僚の草間《くさま》に声をかけられ、みちかは慌てて寄りかかっていたカウンターからお尻を離した。外では強い雨が降っている。ディナータイムを過ぎた平日の夜、バイト先のファミレスは閑散としていた。数組の客がのんびりと談笑する中、オーダーも途切れ、スタッフは皆各自のペースでできる作業をしている。みちかもまた、パントリーでカウンターとその下の冷蔵庫を整理していたのだが、流れる空気がゆっくりでついぼうっとしてしまった。

「ごめんなさい。お腹空いたなあって思ったら動き止まってた」

「わかる。夕方に軽く食べてから入るんだけど、この時間お腹空くよね」

草間はみちかより三つ年上で主婦だ。子どもはいないので、夫が夜勤の日に、ディナータイムや深夜シフトで入っている。

一方でなんのしがらみもないみちかのシフトは日によってまちまち。足りないところにシフトを入れられるため、モーニングから深夜まですべてのシフトで働いている。場合によっては、キッチンも手伝う。あまり文句も言わないので、マネージャーや他のスタッフにはかなり重宝されていた。

「従食でカツ煮定食いっちゃおうかな。キッチンも暇だし。帰りがけにさ」

「草間さん、二十二時にがっつりカツいくの勇気あるね」

「まだ二十代だから、セーフだと思ってる。みちかちゃんもどうよ」

「悩むわあ」

職場の人間は、みちかが先日葬儀に参列してきたことを知らない。たったひとりの想い人を失ったことを知らない。それでいいとみちかは思っている。感傷的に話したくはないし、そもそも言語化できるほど自分でも整理ができていない。

空人が死んでも何も変わらないのだ。

仕事をし、家に帰って眠る。それだけの日々だ。眠れなくなるわけでもないし、お腹もちゃんと減る。SNSは眺めるし、拡散された面白い動画を見れば笑えもする。自分は何も変わっていない。だから、今はこれ以上考えたくはない。

ドアのセンサーが反応し、ポーンとチャイムが鳴った。来客だ。

「いらっしゃいませー」

草間がお盆を手に出ていった。すぐに戻ってきて、ニヤニヤしている。

「みちかちゃん、お友達」

「友達？」

パントリーから顔を出すと、雨傘を専用のビニール袋に入れている太一がいた。みちかは歩み寄る。

「いらっしゃいませ。今日はどうしたの？」

「みちか何時上がり？」

「あと一時間半くらい」

「その間、作業する。終わったら、飯食おう」

みちかは頷いて、端の四人席に案内する。今日はもう混まないだろうから、太一ひとりでも問題ない。

「また教授に頼まれたの?」

「ああ、次の講演で使う、漱石《そうせき》の論文の英語解説原稿。俺だって、英語得意じゃないのにな」

「院生って雑用多いよね」

「二年目でも、変わらなくてうんざりする」

言うほどうんざりしているようには聞こえない。太一はすべてにおいて淡泊だ。感情の起伏があまりなく、わざとそういうふうに振る舞っているようにも見える。

「で、お客様、ドリンクバーとポテトですか?」

「大学生みたいな注文ですまん」

「まあ、院生ですし。まだ学生さんってことで、いいんじゃないですか」

「就職したら、客単価高いの注文するから」

そんなやりとりをして、注文をハンディで入力する。パントリーに戻ると、草間がまだ意味深に微笑《ほほえ》んでいた。

「友達？　彼氏？　どっちで言えばいいんだっけ」

「友達ですよ。あいつとどうこうはあり得ないです」

みちかは苦笑いして答えた。草間がふうんと唇を尖《とが》らせる。もっと別な返事を期待していたようだ。

「そういえば、前はもうひとり男の子いたよね。結構イケメンの。そっちがみちかちゃんの彼氏？」

みちかは数瞬黙った。空人も何度か太一と一緒にここに来ている。ふたりでドリンクやポテトをつまみながら、みちかの上がりを待っていてくれた。

その彼は死んだんです、と説明する理由もないので、みちかはもう一度笑顔を作り直して言った。

「彼氏はいないんですってば」


二十二時に、交替の深夜スタッフが入り、みちかは草間と一緒に退勤した。みちかが食べないというので、草間もカツ煮はまた今度にしたようだ。

客席に寄ると、太一が広げた資料を片付けているところだった。

「移動していいか？」

「いいよ。職場の客席でごはん食べたくないし」

「じゃ、駅前の居酒屋で軽く飲もう」

「賛成」

外はまだ雨が強い。傘を差して狭い歩道を一列になって駅まで歩いた。傘を叩《たた》く雨音が激しいので、話しかけてもきっと聞こえないだろう。みちかも太一も黙って歩いた。

元より、太一は寡黙な方で、みちかは彼のペースに慣れていた。喋る必要が無ければ、一緒にいても一日中喋らないだろう。それでもお互いに気詰まりを覚えることはない。

空人がいた頃は違った。空人が常に何か話題を振るので、何分も黙っているなんてことは、そろって漫画を読んでいるときくらいだった。

駅までは七分ほど。雨は強く、貧弱な折り畳み傘では、ジーンズもカットソーもびしょびしょだ。

前を歩く太一のジーンズも、雨でびっしょりと濡《ぬ》れているのがわかる。太一は身体が大きく歩幅もあるので、ビニール傘も普通サイズだとはみ出てしまう。

太一がたいした理由もなく顔を見せることはたまにある。だけど、今夜会いに来た理由は、やはり自分たちの中にあるわだかまりのせいだろう。

空人の死は太一からの電話で知った。空人と地元が同じ男子が大学の同級にいて、太一とは講義が一緒で繋《つな》がっていた。彼から太一に連絡があったのだ。

太一は訃報を空人と関わりのあった学年のサークルメンバー全員に連絡した。律儀な太一らしい。

『空人が死んだ』

みちかに連絡をくれたとき、電話の太一の声はひどく落ち着いていた。みちかは一瞬言葉に詰まり、それから取り乱すことなく、『そう』と答えた。

あの瞬間、みちかには太一の感情がわかった。太一にもわかっただろう。

自分たちは零《こぼ》れ落ちてしまった。空人の死という現実から。

ふたりとも涙が出なかった。それは葬儀で空人の遺体と対面したときもそうだった。

薄情なのか。そうではない。ただ、現実が硬くなった心に滲《し》みてこない。

空人が亡くなった事実を、葬儀で噛みしめたというのに、やはり自分たちには遠い出来事でしかない。

みちかは太一の気持ちをなんとなく知っていた。空人に対して抱える特別な感情を察していた。

太一が空人とみちかを見る目には親愛が込められている。しかし、空人にだけは切ないような甘さが混じっていた。

それは、空人本人は気づかなくとも、同じ気持ちを持つみちかには感じ取れる。

恋しい。言葉にするならそんな単純な感情だ。

しかし、太一もまた気持ちを伝えなかった。みちかと同じく友情という名の膠着《こうちゃく》状態を選んだ彼の気持ちがわかる。太一には自分と同じ躊躇《ためら》いの他に、同性であるというハードルもあったのかもしれない。

そうして、自分たちは空人を失った。


「最後に飲んだの二月だっけ」

「そう、バレンタインのすぐあと。私、ふたりにチョコあげたじゃん」

「だったな」

「お返しもらってないっすけど?」

チェーンの居酒屋の半個室席につくと、すぐに生ビールを頼んだ。雨で身体が冷えても、生ビールをやめる理由にはならない。

乾杯はしなかった。献杯というのともちょっと違う。

金色の液体は身体に流れ込む瞬間が一番心地いい。みちかはひと口飲んで自分がとても喉が渇いていたことに気づいた。

「飲み会、もう少し頻繁にやっておけばよかったな」

そう言って、ジョッキを置いた太一の顔は疲れているように見えた。教授の手伝いのせいではないだろう。慢性的な心因性の疲労といえばいいだろうか。その感覚はみちかにもある。なんだかずっと、くたびれていた。

「そうだね」

みちかは答えてジョッキを置く。考えずにはいられない。親友である自分たちが、空人の異変に気づいていれば、何か変わっただろうか。

「心中なんてね」

「そう言えば聞こえはいいけど、結局自殺だろ」

太一が冷たい口調で言った。

「空人がどうして死を選んだのか、俺にはわからない」

「そういうことするキャラじゃないもんね。明るくてムードメーカーで」

振り返りたくないのに、口調が懐かしむものになってしまう。空人を語れば端から過去になるのが嫌だ。

空人は愛されるために生まれてきたような男だった。爽やかで、誰にでも優しく平等、そしてみんなを明るい気持ちにさせる気性を持っていた。飛びぬけて端整な容貌も、彼の魅力だったけれど、彼の性質自体が得難い美しさと清らかさを持っていた。そんな三木空人が、みちかは好きだった。親友であることが誇らしかった。決して、恋人の小指を飲み込んで海に投身自殺するような男ではない。

「空人……本当に自殺なのかな」

みちかは心に残っていた疑念をおそるおそる口にした。太一にしか言えないと思っていた。太一が険しい表情で、首を左右に振る。

「自殺だよ」

「でも……彼女……名和《なわ》さんの小指を飲み込んでとか……空人の指もないみたいだし……」

空人と恋人の名和アンは日本海に臨む断崖から飛び降りたそうだ。遺体は崖の下に打ち上げられ見つかったが、ふたりの左手の小指は切り取られ、名和アンの小指は空人の胃から見つかった。

空人の小指は見つかっていない。小さな身体の一部だ。今も海の中にあるなら、おそらくもう見つからないだろう。

この異様な死に様は、若い恋人たちの心中事件をおどろおどろしく彩った。マスコミはセンセーショナルにふたりの死を報じている。葬儀場近辺に報道陣が来ていたのもそのためだ。マスコミが煽《あお》る一方、警察の捜査はいまだ終わっていない。自殺と事件の両方の線で調べているためだろう。

「もしもだよ。もしも、これがただの心中じゃないとしたら、どうする。空人とアンさんは誰かに暴行されて海に投げ込まれたってことも……」

「それは俺たちが調べることじゃないだろ」

太一が低く言った。

「空人に暴行された形跡があるなら、警察が調べる。俺たちがどうこうできる問題じゃない」

「そうかもしれないけど……」

みちかはうつむいた。突き放すように言わないでほしい。

空人の死は、あまりに空人らしくない。最後に会ったとき、空人は元気だった。大学時代のようにたくさん笑ったし、最後はいつもどおり指切りで別れた。

「指切り……」

みちかの言葉に太一が顔をあげた。

「指切り、よくしたな」

太一の表情がわずかに緩むのを感じた。

空人は指切りをよくしたがった。ささいな約束にも小指を差し出し、別れ際は必ず『次も元気で会おう』と指切りをした。ことあるごとにやるので、みちかも太一も指切りをするのが自然になっていた。

「あいつ左利きだから必ず左手出すんだよな」

「そう、私と太一が右手同士で指切りして、そこに空人が左手の小指を引っ掛けるの。あの三人指切り、独特だったよねえ」

大学を卒業するときも三人で誓い合った。指を絡め、『お互い、それぞれの道で頑張ろう』と。

その空人の小指は、消えてしまった。身体は灰に、小指はどこかに。

「空人はもういないんだよな」

太一の言葉にみちかは頷いた。

「うん」

死の事実を理解している。納得もしようとしている。それなのに、自分も太一もまったく釈然としていない。いつまでこうして虚《うつ》ろでいるのだろう。もしかして、死ぬまでこのからっぽの苦痛は続くのだろうか。そう考えるとぞっとした。

その後、みちかも太一も空人の話はせずに、互いの近況をわずかに話し、一時間少々で別れた。


翌日は、ランチタイムの勤務だった。朝十時には出勤し、そこから十六時まで。休憩は三十分。持ってきたおにぎりを食べ、スタッフルームにある自由に飲めるドリップコーヒーを飲んだらおしまいだ。

おにぎりとスマホをバッグから取り出すと、太一からメッセージが届いていることに気づいた。

【今日の夜、うちに来てほしい】

なんだろうとみちかは思った。昨日会ったばかりなのに。

【十七時くらいに行けるよ】

みちかはメッセージを返し、スマホをしまった。

予定通りみちかは十六時に仕事を上がった。他のアルバイトが間違えてオーダーを取ってしまったピザを従食扱いで買い取り、手土産にする。

手ぶらでも問題ない間柄だが、太一も学校から戻る時間なら空腹だろうと思ったのだ。我ながら気が利いている。

三つ隣の駅から徒歩五分で太一の暮らす木造アパートに到着する。二階の角部屋のドアチャイムを鳴らすと、すぐに太一が出てきた。

「悪い。呼びだして」

太一の格好はTシャツにスウェットだ。顎《あご》にはいくつか短い髭《ひげ》が見える。髪の毛はくしもあてていない様子だ。

「太一、今日学校行ってないの？」

「ちょっとそれどころじゃなくてさ」

そんな事を言い、焦った様子でみちかを室内に通す。

「お土産……はここに置くとして、何かあった？」

太一の手には白い封筒がある。コンビニでも買えそうな長形の封筒だ。

「なにそれ」

「届いてた。俺、郵便受け何日かにいっぺんしか開けないから、今朝まで気づかなかった」

「え？」

みちかは封筒を受け取る。

「消印は一週間前」

住所は太一の部屋、宛名は松下太一様、香野みちか様となっている。筆跡にドキリとする。みちかには見覚えのある字だ。

裏返して、差出人の名前を確認し、心臓が止まりそうになった。

「これ」

差し出し人は三木空人。

空人本人の筆跡だ。

「連名だから、みちかと読もうと思って呼んだんだ」

「空人からの……遺書？　になるのかな」

「わからない」

太一がハサミを取ってきて封筒のてっぺんを切る。

みちかはどくどくと心臓が音を立てているのを感じた。鼓動が、こんなにはっきりと音として身体に響くのだと驚く。空人から自分たちへの手紙。いったい何が書かれているのだろう。

空人が死へ向かった真相がわかるのだろうか。

中から出てきたのは白い便箋が一枚。

「何か挟まってる」

便箋には五千円札が一枚挟まっていた。

「読むぞ」

太一は五千円札をテーブルの上に無造作に放り、便箋を開き直した。


『太一、みちかへ』

手紙は懐かしい空人の字でつづられている。


『急にこんな手紙を送ってごめん。まず、この五千円は太一に返すもの。大学二年の春、飲み会で俺は酔って、払ってないのに金を払ったと言ってしまった。その時に太一が代わりに払ってくれた金。

酔いが覚めてから、自分の間違いに気づいたけど、言いだせなかった。ごめん。』

ふたりは顔を見合わせた。そんなこともあっただろうか。みちかは覚えていない。

ひとまず、先を読もうと再び手紙に視線を落とす。


『ふたりに送るこの手紙を俺からの最後の挨拶にしたいと思う。

俺はこの手紙を書き終えたら死ぬつもり。

太一、みちか、俺はふたりをいつまでも恨んでいるよ。』


手紙はそれで終わっていた。

戦慄《せんりつ》するという言葉を身をもって知ったのはこの瞬間だった。指先までびりっとする痛みを感じ、背筋に冷たい汗がひと筋流れるのを感じた。手足が急速に冷たくなっていく。心臓はずっとどくどくと嫌な音をたてて鳴り響き続けている。

「なんで……」

出てきた言葉の先が続かない。みちかは息を詰め、目を見開いた。横で太一が同じように顔色を無くしているのを感じながら。

空人が好きだった。

自分も太一も片想いをしていただけ。

それよりなにより、三人は親友だったはずだ。

どうして、空人に恨まれなければならない。

「なんで、空人……」

みちかは唇を噛みしめ、拳を握った。

第二章

ベッドに仰向《あおむ》けに転がった格好で、みちかは天井を眺めていた。太一と遺書を開封したのは一昨日。せっかくの休みだというのに、みちかはベッドから起き上がれずにいる。

何をしたらいいのかわからない。どう考えたらいいのかも。混乱ではない。すべての気力が消え失《う》せた。大好きだった人はこちらを恨んでいたらしい。憎まれていたのだ。

実際のところ、みちかにできることは何もない。空人は死んでしまった。いくら、遺書で恨んでいたと告白されても、謝ることすらできない。墓参りでもすればいいだろうか。骨に頭を下げて、空人が許してくれたかもわからず納得すればいいのか。そもそも、何を謝ればいいのだろう。

「私、何をしちゃったんだろ」

ひとり呟《つぶや》く。みちかには恨まれる理由がわからなかった。

空人と太一、そしてみちかの三人は親友同士だったはずだ。最後の最後まで。少なくともみちかはそう思ってきた。

いったい、いつから空人は自分たちを憎く思っていたのだろう。表向き親友を装って、裏で怒りを募らせていたのだろうか。考えるだけで、胸がつぶれそうになる。

遺書の字は空人の字だった。

太一とふたりで確認した。長く一緒に講義を受けてきた。見間違えるはずがない。あの遺書を書いたのは空人以外あり得ない。

しかし、内容がそのまま空人の本心だったという証明はできない。空人が誰かに脅されて、遺書を残した可能性だってゼロではないのだ。そうなれば、自殺ではなく殺人だ。

とはいえ、あの遺書を残して得する人間がいるなら、もっとわかりやすい内容を書かせるのではないだろうか。それに太一の家に、みちかと連名で送るのも変だ。

もしかして、あの遺書には暗号が隠されていて……。そんなことを考えてすぐにやめた。

都合よく、空人の死に謎があるように思うのはやめよう。空人の言葉は真実だ。彼は太一とみちかを恨んで死んだ。きっと、それで間違いない。みちかはベッドに丸まり、掛布団を顔に押し付けた。苦しい。空人の筆跡で書かれた手紙が頭から離れない。

考えれば考えるほど、押しつぶされそうになる。

そうしているうちに最初の疑問に立ち返る。どうして空人は死んだのだろう。太一とみちかに恨みの言葉を残して。

空人が好きだった。ずっとずっと好きだった。太一と三人で過ごすうち、空人だけがどんどん特別になっていった。

きっかけはひとつじゃない。いくつもの出来事の積み重ねで、人は人を好きになる。それでも印象深い思い出はあり、みちかの中で大事なひとつは大学一年の初夏だった。

サークルの飲み会の後、空人がみちかを家まで送ってくれたことがあった。

池袋の東口で飲み、現地解散でサークルメンバーはばらけた。普段は帰り道が一緒の太一が、この時はバイトで不参加だった。すると、空人がみちかに言った。

『家まで送るよ。夜道は危ないから』

『大丈夫だよ、空人』

みちかは笑って答えた。

『この前、大学のあたりで痴漢が出たって聞いたし。今日は太一いないだろ』

『太一だって、電車の中でバイバイするよ。家まで送ってもらったことなんてないし』

『俺が心配なんだよ』

そう言って当たり前にエスコートしようとする。女慣れしてるなと感じた。きっと、誰にでも当たり前に優しくできるのだろう。すでに空人はサークル内の女子に人気があったし、本気で狙っている子も何人か知っていた。

『心配性だなあ。私、元ラクロス部じゃん。肩とか脚とか割とがっちりしてて、女っぽくないんだよ。痴漢とかあったことないもん』

『今まであったことないからって、これからもあわないとは限らないだろ』

真剣な表情で覗《のぞ》き込む目に気圧《けお》された。間近で見ると、空人は本当に整った綺麗《きれい》な顔をしていた。

『みちかは、自分を女子扱いするのが苦手？』

『……わかんない』

みちかは素直に答えた。

『ずっと女子校だったし。女ばっかり集まるとさ、誰かが男子のポジションやらなきゃいけないときがあるの。暗黙の了解で。私ってそのポジションだったから』

『じゃあ、俺といるときは関係ないじゃん』

空人が屈託なく笑った。端整な顔立ちが、笑うとくしゃっと愛らしく歪《ゆが》む。

『俺にとって、みちかはちゃんと女の子だよ。俺と太一の前では、普通に女子ポジゃんなよ。無理なく自然にでいいからさ』

すとんと胸に何かが落ちるような感覚があった。今までわだかまっていた心の一部がすっきりとした。みちかは驚いて空人の顔を見つめた。

『空人、すごいね』

『何が？』

『なんか、空人と話すとラク。自由になれる気がする』

女子扱いしてくれなくていい。可愛《かわい》らしくは振る舞えないし、着飾って異性ウケを狙うことも苦手。だから女子の枠で見てくれなくていい。……そう思っていたみちかの内側のしこりがほどけた。まるで魔法が解けるみたいに。

『みちかって、おおらかに見えて繊細だからなあ。俺はみちかの、のんびりしたところもちょっぴり気にしいなところも、いいと思うよ』

そう言って、空人は人懐っこく笑った。

都会の夜の光。改札前の雑踏。蒸した夜の空気。じんわりと指先が温かくなって、胸がぎゅっと苦しい。突然、目の前の空人の顔が見ていられなくなった。

あれは確かに空人を特別に見た一瞬だった。たったひとりの笑顔がきらきらと輝いて、世界がまるごと変わる。自分の変化に戸惑った。

しかし、今になれば、あの一瞬すら意味のないものに思える。

みちかは最後まで気持ちを伝えなかったが、空人が気付いていたとしたらどうだろう。親友を気取りながら、下心の詰まった感情を向ける女を気持ち悪いと思っていたかもしれない。しかし、果たしてそれで『恨む』だろうか。また、わからなくなってしまう。

恋した人の死を受け入れられないでいるのに、恨みまで受け止められない。謝ることはもちろん、理由を知ることすらできないなんて。いっそ、一緒に死んでしまえたら、どれほどラクだろう。そんな資格が自分にないとしても。


無為に家にいるのも苦しくなり、みちかは身体《からだ》を起こした。

太一に会いに行こう。今頃は大学にいるはずだ。三人が通った大学は太一のアパートの最寄り駅からバスで二十分の立地だ。みちかは電車で移動し、駅前からバスに乗った。メッセージアプリに連絡を入れてから、バスの背もたれに身体を預けた。久しぶりの通学経路だ。

バス停で太一が待っていた。長袖のラガーシャツが分厚い身体に似合う。それにしても、わざわざ迎えにくるとは思わなかった。

「暇なの、太一」

「暇じゃねえわ。ずっと論文書いてたよ」

「教授の手伝いは？」

「終わって帰ろうと思ってたところに、みちかから連絡があった」

太一はいつもの調子なので、みちかも暗い様子は見せないようにする。

「じゃあ、お茶でも飲みましょうか」

「どうせ、昼飯食ってないんだろ。なんか食えよ」

大学の構内に入り、学食へ向かった。中途半端な時間の学食はガラガラに空《す》いていた。学生は四時限目の講義を受けている頃だろう。暖かな日のあたる窓際の席に着く。

太一が牛カルビ丼をふたつ買って来てくれた。みちかが好きなメニューだ。

「うーん、懐かしい。このギトギト脂ぎってるのに硬い牛肉とたれを吸わないぼそぼそのごはん」

「みちか、こればっかり食ってたじゃん」

「なんか好きだったんだよねえ」

「空人もな」

太一の言葉にふたりで黙った。みちかはしばらく黙々と牛カルビ丼を咀嚼《そしゃく》する。太一はさほど空腹ではないのか、ひと口ふた口と食べて箸を置いた。

「みちか、おまえ大丈夫か」

ごくんと嚥下《えんげ》してから、太一を見ずに尋ね返す。

「太一こそ、大丈夫？」

「大丈夫じゃないかもしれない」

顔を上げると、太一は硬い表情で低く答える。力の無い声だった。

「空人に恨まれる理由が、私にはわからないよ。太一、心当たりある？」

「……ない……と思う」

歯切れの悪い答えに、みちかは重ねて尋ねる。

「男同士だから話せたこともあるんじゃない？　太一、本当に何か思い当たるようなことはないの？」

「ないよ」

太一の声に苛立《いらだ》ちが混じった。髪をくしゃくしゃとかきあげ、こちらをじっと見る。

「おまえこそ」

「なに？」

「ないのか、心当たり。空人と格別に仲がよかったのはみちかだろ」

みちかは首を横に振る。太一に話せるようなことは何もない。

「……俺は最初の頃、空人とみちかはそのうち付き合うんだと思ってた」

みちかは箸を置いた。ぐっと下唇を噛《か》みしめてしまう。

「私と……空人の関係は、そういうんじゃなかった。太一だって見てたらわかるでしょう」

空人が選んだのは別の人だった。アプローチをしなかった自分に何かを言う資格はない。しかし、ともに過ごした時間の中で、空人にはみちかへの恋は生まれなかった。結果、空人はみちかの知らないところで心惹《こころひ》かれる存在に出会ったのだ。

名和アンという恋人を、空人に紹介されたときのことを思いだす。みちかたちは大学三年だった。ひとつ年下で、一緒の講義で意気投合したと聞いた。

濃いミルクティー色に染められた髪は緩くパーマがかけられ、派手派手しくはないメイクがあどけない愛らしさを強調していた。とても可愛い女性だった。

性格もひかえめで、太一とみちかの存在を尊重し、三人でいるときはけして近寄ってこず、遠くで会釈だけするようなタイプだった。

並んで歩くふたりは絵に描いたような美男美女。誰一人付け入る隙《すき》がなかった。

負けたと素直に思えた。あんな可愛らしくて性格のいい女の子なら、空人が恋しても無理はない。むしろ空人が選ぶならあのくらいできた女の子でないと駄目だ。あの子でよかった。彼女なら、空人に相応《ふさわ》しい。

みちかはそう納得した。

しかし、今頃になってあの納得が、まやかしだったのではないかと感じている。空人の死後、その気持ちは顕著になった。

どうして、彼女は空人を止めてくれなかったのだろう。空人と死を選んだのだろう。彼女になら、空人を任せられると思ったのに、連れて行ってしまうなんてずるい。

そうだ。そもそも彼女が嫌いだった。

後から現れて、美しい容姿と愛らしい仕草で空人を誘惑した。それまでの空人のことなんか何も知らないのに、あっさり空人を奪っていった。みちかと太一との三人の絆《きずな》を掻《か》きまわした。

そして、空人を死へ誘《いざな》った。……すべて八つ当たりの身勝手な感情だとわかっていながら、考えることをやめられない。

恋人だったのなら、どうして、空人に生を提示してくれなかった。どうして、死を選ばせた。

憎い。アンという空人を奪った女が。

「みちか？」

太一に声をかけられ、みちかははっと顔をあげた。

「大丈夫か？」

「ごめん、一瞬ぼうっとしてた」

ごまかすように苦笑いをしてみせる。太一にこんなどす黒い感情を知られたくない。物分かりのいい親友を演じながら、裏で醜く嫉妬していたなんて。それとも、こんな自分を空人は『恨んだ』のだろうか。

思考は同じところを周回し、停滞する。みちかは暗澹《あんたん》とうつむいた。

「みちか、明日からゴールデンウィークに入るだろ？　空人の家に、線香をあげに行かないか？」

ふと太一が提案した。みちかはためらって首をかしげた。

「いいのかな。そんなことして」

空人の死は怪死だ。警察もまだ捜査中らしいし、残された家族を刺激するようなことをしていいのか、判断に迷うところだ。

「空人、親御さんと弟と仲が良いって言ってたじゃん。しょっちゅう一緒に出かけるし、週末はそろって飯を食うんだって。色々言われてるけど、関係なく家族は空人の死を悼んでるんじゃないかな。俺らも同じ立場……だと思うし」

「そっか、そうだよね。空人の話、私たちの口から聞けたら嬉《うれ》しいかもしれないよね」

「たぶん。……あとさ」

太一は言い淀《よど》む様子を見せ、それから顔をあげた。

「空人に恨まれた理由が、俺にもみちかにもぴんとこない。家族に話を聞けば、何か手がかりになることがあるんじゃないか？　その、死ぬ直前の様子とかさ」

みちかは息を飲んだ。ああ、やはり太一もこのまま、なあなあにはできないのだ。ここに同じ気持ちを持った存在がいる。

「空人が最後、何を思って死んだのか、知りたくないか」

「知りたい」

みちかは間髪入れず答えた。

「このままじゃ、全然気持ちの整理がつかないよ」

空人の本心。わずかでも手がかりが得られるなら、やれることをやってみたい。

それは空人への追悼ではなく、自己満足だ。それでも、このまま空人の恨みだけ胸の重しにして生きていきたくない。ただでさえ、今自分がすべきことがわからなくなっている。重たさでつぶれてしまう前に歩く理由がほしい。

空人の住所はサークル名簿にも会葬礼状にも載っていたが、自宅の電話番号がわからない。空人の訃報を教えてくれた知人を頼って中学の名簿から電話番号を探してもらった。最近は個人情報だからと名簿を作らない学校も多いが、十年前に作成された名簿には自宅の電話番号がしっかり記載されていた。

アポイントを取ったのは太一だ。みちかは花を用意し、よく晴れた五月の頭、ふたりで二子玉川にある空人の自宅へ向かった。

華やかな商業施設やタワーマンションの間を抜け、住宅地へ進む。空人の家は大きな戸建てだった。都内のこの立地にあるなら、かなり裕福な家庭と言えるだろう。

「お父さんが確か外資系保険会社の役員とか言ってたかも」

思いだした情報を太一と共有する。気おくれしているのか、太一が小さな声で「おう」と答える。みちか自身、自宅を思い浮かべちょっとした格差を感じた。

「いらっしゃい。よく来てくれたね」

空人の両親は気さくな笑顔で出迎えてくれた。父親は五十代後半くらい。白髪混じりの髪を休日でもかっちりとワックスで固めている。背が高くひょろっとした印象の人だ。母親はまだ四十代だろうか、だいぶ若く見える。かなり明るい茶色の髪をショートボブにしているせいか、葬儀で見かけたときより、さらに若々しい。空人の顔立ちは母親の方に似ているように思えた。

「居間にお仏壇があるの。どうぞ」

そう言って通された広い居間は、絵に描いたようなセレブの住まいだった。驚くほど広いリビング。大きな革張りのソファセット。大理石のテーブル。イミテーションなのか本物なのか判別ができないが、暖炉がある。大きな窓から木漏れ日がフローリングの床に注いでいた。

「あの、これお花です。お仏壇にと思って」

仏花を渡すと、空人の母親が目を細めた。美しく化粧が施された顔にやつれた様子はない。

「本当にありがとう。空人も喜ぶわ」

喜ぶかな、こんな辛気《しんき》臭い花。みちかはそんなことを思ったが、もちろん思うだけだ。

太一に並び、新しい仏壇の前に立った。白木の仏壇は小型で、シンプルな作りだ。

現代建築に合うように作られている。ふたりは手順通り、空人の遺影に手を合わせた。葬儀でも見たが、遺影は大学時代のスナップ写真である。仏壇にお参りをしながら、空人はここにはいない気がした。

「お茶をどうぞ。お菓子もあるの。よければ、召し上がって」

うながされ、リビング中央の革張りのソファへ移動した。空人の母親が紅茶とフルーツロールケーキを出してくれた。

「お住まいはどちらかな。今日は、わざわざありがとう」

「ここ、駅からは遠くないけど、少しわかりづらいのよね」

両親は屈託ない笑顔でもてなしてくれる。しんみりしたムードもないので、普通に友人の家に招かれたような錯覚を覚える。今にも空人本人が奥から出てきそうだ。

『父さん、母さん、俺の友達に絡まないでくれよ』なんて言いながら。

それとも、両親はこうして変わりなく過ごすことで、空人がいなくなってしまった事実に耐えているのだろうか。

「空人くんとは大学四年間、同じサークルで仲良くさせてもらいました」

みちかは両親の顔を見つめ、軽く咳払《せきばら》いをしてから口を開いた。

「卒業後も定期的に会っていました。私と、松下くんは、空人くんのことを親友だと思っていました。思い出がいっぱいあり過ぎて、今は少し混乱しています」

「そう」

空人の母親はほがらかな笑顔で頷《うなず》いた。

「空人はいいお友達を持ったのね」

「空人くんと最後に会ったのは二月なんですが、僕らは異変に気づけませんでした。情けないです。友人なのに」

今度は太一が言う。すると、空人の母親がまた頷き、横から父親が言った。

「そうですかァ」

芝居がかった共感を含んだ声音だ。しかし、父親は微笑《ほほえ》んでいるばかりで、その後に続く言葉は聞こえてこない。わずかに焦《じ》れて、みちかは口を開く。

「あの、空人くんは……何かつらいことがあったんでしょうか。私たちには心当たりがなくて」

「さあ、色々あったんでしょう」

父親はそう言って、腕を組んだ。穏やかな口調で続ける。

「成人した息子のことだしね。私たちも彼に任せていたから」

会話はそこで途切れた。

かすかな違和感を覚えたのはみちかだけではないだろう。会話が続かない。というより、中身がまるでない。

初対面の者同士であることが理由ではなく、会話をする気がないように感じられるのだ。両親はニコニコしている。しかし、空人との思い出を語り合うつもりも、家の外での様子を聞くつもりもなさそうだ。

不審な死に方をした息子のことを、自分たち同様に整理できていないのかもしれない。それならわかる。しかし、もしそうではなかったら。

玄関の扉が開く音が聞こえた。ややあって、廊下に若い男子が姿を現す。リビングの戸は開け放たれているので、彼の全身が見えた。背を丸め、長袖のパーカーにジーンズ。リュックサックを手にしている。うつむき加減で表情はよく見えないが、大学生風の装いから、空人の弟だとわかった。

「おじゃましてます」

太一とふたり会釈をするが、弟はこちらを一瞥《いちべつ》し、軽く頭を揺らしただけで、あっという間に廊下の奥に消えてしまった。

そうすると、リビングは再び線香の香りと沈黙でいっぱいになる。みちかは数瞬迷い、おそるおそる口を開いた。

「あの……空人くんの部屋、見せてもらってもいいですか?」

「ええ、どうぞ」

両親はやっぱり笑顔だった。


案内されて入った空人の部屋は、綺麗に整理されていた。

警察が調べたのかもしれないが、こうして見る限りは、一般的な青年の部屋だ。勉強机には空人が大学時代に使っていたペンケースが置かれ、壁にはよく着ていたジャケットがかかっていた。ジャケットのタグがハイブランドのものであることも、こうして改めて見ないと気づけないことだったなと思う。

しかし、そんなことより何より、ここにはまだ空人の気配が残っている。よそよそしかったリビングや仏壇とは違い、この部屋は空人のものだ。懐かしく切なくなるくらい、空人を感じる。

「見て、太一。写真がたくさん飾ってある」

ふたりは壁に歩み寄る。壁際のチェストの上には小さな写真立てが並び、壁にはコルクボードが貼られ、写真が何枚もピンでとめられていた。おそらく遺影の写真はこの中から一枚を抜き取ったのだろうと思われる。

「高校と大学の頃のかな」

「そんな感じに見えるね。あ、この写真、私が撮ったヤツだ」

みちかが指さしたのは三人で自撮りしたスナップだ。正確にはみちかが撮ろうとしたけれど、腕の長さが足りずフレームに収まらなかった。結局スマホを太一が持ち、三人で顔を寄せ合って撮ったものだ。このとき、空人ともものすごくくっつき、ドキドキしたのでよく覚えている。

「データで送ったけど、わざわざプリントアウトして飾ってくれてたんだね」

「あいつ、そういうとこマメだったよな」

写真の空人はどれも爽やかで明るい笑顔だった。特に三人で撮った写真の顔はくしゃくしゃに笑っていて、胸がじんと熱くなる。空人がこんなふうに笑うことを、もう写真の中でしか確認できない。空人は確かに、自分たちの真ん中にいたのに。

「何か探しているんですか？」

後ろから声をかけられ、ふたりは振り向く。開け放たれたままのドアから入ってきたのは空人の弟だ。

「パソコンと携帯はないですよ。警察が持って行っちゃったんで」

「そうなんだ」

弟は猫背気味に、ふたりのことを眺めている。染めていない黒い髪は周囲をシャットダウンするように前髪だけ長い。その下から覗く茶色の瞳は空人とよく似ていた。顔の造作と背格好はいかにも兄弟らしく似通って見えた。しかし持っている空気は正反対。静と動というより、陰と陽といった雰囲気だ。

「松下太一といいます。こっちは香野みちか。空人くんとは仲良くさせてもらっていました」

弟は、無愛想に会釈した。

「陸《りく》です。……兄貴から何度かお名前聞いています。写真も」

指さした先には、三人で撮った一枚がある。

そのまま出ていく素振りがないので、みちかは尋ねた。

「あの、お兄さん……何か変わった様子はなかったですか？　死んでしまう前……」

顔を出してくれたということは空人の話ができるかもしれない。今しがたの中身のない両親との会話では、ほしかった手がかりはゼロのまま。

しかし、陸はふるふると首を左右に振る。

「俺にはわかりませんでしたけど」

「手紙や、スマホにメッセージとか来ませんでしたか？」

太一も重ねて尋ねる。しかし、陸は同じ反応を見せるだけだ。

「さあ。兄とは、たまに顔を合わせるくらいで、そこまで話さなかったし」

まるで手ごたえがない。おそらくこれ以上は無駄だ。みちかは陸に礼を言った。

「ありがとう。ご家族にこんなことを聞いてしまってごめんなさい。空人のこと、どうしてもまだ現実味がなくて」

「いえ……突然だったので……無理もないと思います」

そこから先は言葉がなかった。陸は視線を逸《そ》らして、壁に寄りかかる。結局、みちかと太一が部屋を出るまでそうしていた。ふたりもほんの数分空人の部屋を見回して、帰途についた。

両親は、今後の法要は家族のみで行うが、またいつでも顔を見せてほしいと笑顔で送りだしてくれた。亡き息子の親友たちへの対応としては、温かみのある態度だっただろう。

しかし、みちかにはざらざらとした嫌な違和感だけが残った。

空人の家を訪ねた一日以外、ゴールデンウィークのみちかは連日バイトにあけくれた。ファミレスは大盛況だ。普段なら客足の落ち着いてくる十四時、十五時になっても、まだウェイティングがかかるほど。

みちかは汗を拭きつつ、立ち働いた。退屈よりは忙しい方がいい。時間があっという間に過ぎるし、余計なことを考えなくて済む。

「みちかちゃん、お友達の彼が来てるよ」

ゴールデンウィークの最終日、草間に言われ、太一が来ていることを知った。ようやく客足の落ち着いてきた十六時過ぎだ。パントリーから出て行くと、まだ席に案内されていない太一がいた。

「すごい混んでるな。やっぱり外で時間つぶしてくる」

「用事あるんでしょ。カウンター席なら空いてるから、よければそこで待ってて。もう少しで上がりだから」

みちかは案内して、ドリンクバーだけ注文を入れる。

もともと、太一と約束しているわけではない。何か話したいことがあってきたのだろう。

十七時に退勤し、ふたりで店舗を出た。外はまだかなり明るく、日が長くなったのを感じる。青々と茂った街路樹のポプラも、季節の変化を教えてくれる。空人の葬儀からは二週間が経《た》っていた。

「自転車？」

「ああ」

太一が駐輪場から自転車を押してきた。駅にして三つ分離れているが、直線距離で考えると、みちかの住む町まではさほど遠くない。

大学時代、みちかも何度か自転車で大学や太一の部屋まで行ったことがある。

「駅前でコーヒーとかどう？」

何も言わずに会いに来たのは太一の方だが、みちかから誘う。太一は頷いた。

「少しみちかと話がしたくてさ」

みちかもまた同じ気持ちだった。

チェーンのコーヒーショップで、それぞれの注文の品を手に向かい合った。分煙なのに、タバコの匂いの強い店だ。

先に口を開いたのは太一だ。

「こんなこと言うの、なんだけどさ。空人の家族、変な感じしなかったか？」

みちかは神妙に頷いた。しっくりこない感覚はあり、そう思っていたのは自分だけではなかったわけだ。

「あんまり悲しそうじゃなく見えた。私たちの前だからかとも思ったんだけど」

「無理して元気出してるって感じじゃなかったよな」

太一が思案顔で言い、みちかは問い返す。

「もしかして、ご両親が空人の死に、何か関わっているんじゃないかって、思ってるの？」

口にしておいて、さすがに失礼ではないかと感じた。推理小説でもあるまいし、無《む》暗《やみ》に遺族を疑うのはおかしい気がする。

「そこまでは言ってない。でも、もしかしたら空人が死んだ理由を知っていて、隠しているかもしれないだろ。俺たちよりは近くにいたんだから」

「隠さなきゃならないようなことがあるの？」

「そうなら、あのよそよそしい雰囲気の理由になるかなって」

空人の話では仲の良い家族だったはずだ。しかし、実際に会ってみると、両親も弟も、空人のことを語りたがらず、上っ面だけの対応をされた。その理由に空人について隠蔽《いんぺい》すべき事象があるとしたら……。

「それじゃあ、もう一度訪ねてみる？」

「いや、空人の親がまともに話してくれるとは思えない。この前と同じような扱いをされるだけだ。それなら、空人の弟に話を聞きに行ってみないか？」

みちかの脳裏に三木陸の姿が浮かぶ。空人によく似ていたけれど、対照的な雰囲気を持つ青年だった。

「彼の方が話してくれそうだろ？　俺たちが空人の部屋にいるとき、わざわざ様子を見にきたくらいだし」

「隠したいことがあるなら、見張りだったんじゃない？」

「だったら、余計チャンスだよ。俺たちがあっさり帰って、油断してると思う」

陸の無愛想な様子から、何か知っていてもすんなり話してくれるとは思えない。それでも、あのときの彼の態度は、拒絶的とまでは言えなかった。

「わかった。行ってみようか」

みちかは太一と翌々日に待ち合わせることを約束した。


三木陸はふたつ下の大学四年生だそうだ。太一は生前の空人から通っている大学の名前を聞いていた。

それだけの情報で大学まで会いに行っても会えるかは心許《こころもと》ない。相手は四年生、毎日学校に来ているとも限らない。

それでも出向くことにした。他に手がかりもなく、空人の家で感じた違和感はやはり気になる。確証はないが、空人の死と家族が無関係だったとは言い切れない気がする。会えなければ、自宅近くで張り込むつもりだ。

電車で一時間と少し、ふたりは隣県の大学に到着した。連れだって、堂々と校門から敷地内に入る。昼時である。校舎のエントランスや広場には、学生が溢《あふ》れていた。

「あんまり大きな大学じゃないよね」

「ああ、学部三つしかないからな。校舎もここだけのはず」

「学食、探してみる?」

そもそも学食の場所を探すところからだ。スマホを取り出し、大学名で検索をかけると、校舎の地図が出てきた。

「この校舎の裏手に……」

「みちか、あそこ」

遮られ、顔を上げると、校舎と校舎の間の通路から出てくる青年の姿が見えた。三木陸、空人の弟だ。

太一が迷う様子もなくずんずん歩み寄るので、みちかは慌てて後に付き従った。

「こんにちは」

突如近づいてきて会釈をするふたりに、陸が驚いた顔をして数歩下がった。

「先日はお邪魔しました。松下です。急に来てしまって、すみません。少しお話しできませんか？」

「これから授業なんですけど……」

陸はたじろいだように小声で言う。断られるだろうか。しかし、彼はぼそりと続けた。

「短い時間でよければ」

進んでというわけではないけれど、格別面倒くさそうでもない。みちかは陸の様子に対してそんな印象を持った。少なくとも先日会った両親のような、取り繕った笑顔はない。

校舎から離れ、なるべく人の少ないところを探した。陸について行く格好で、中庭の桜の古木の下に落ち着いた。足元に桜の小さな実が落ち、若い葉がさやさやと風に揺れている。

「陸くん、空人のことでね」

みちかは口を開いた。遺書の件を話すべきか悩んで、太一をちらりと見る。太一が代わりに続けた。

「俺たち、どうしても空人の自殺に納得がいかなくて。陸くんなら、わかることがあるんじゃないかって、来てしまったんだ。どんなことでもいいから、心当たりのあることを教えてくれないか」

太一は身体が大きく声も低い。第一印象は怖そうに見える。しかし、空手を長くやっていたせいか、佇《たたず》まいも口調も折り目正しい。少し話せば、信頼のおける性質が伝わるだろう。

「空人から、陸くんとは仲のいい兄弟だって聞いていたしね」

「兄がそう言ってたんですか？」

陸が視線を合わせずに尋ね返す。そして、ふっと鼻から息を抜いた。

「俺と兄貴は仲良くなかったと思いますよ」

「え」

みちかは思わず、陸の顔をまじまじと覗き込んだ。視線を避けるように顔を伏せ、陸が続ける。

「仲良くないですよ。ろくに喋《しゃべ》らなかったし、お互いに興味もなかった。それは、俺に限らないです。うちは全員仮面家族だったんで」

「仮面家族？」

「外資系企業役員の父親、セレクトショップ経営の母親、一流企業に勤める明るい長男と、おとなしい大学生の次男。裕福で家族仲が良くて円満。そういう設定の家族です」

平然と告げられる事実にみちかは面食らった。にわかには信じがたい。

「表向きは良い家庭のモデルケースみたいに見えますけど、実際家族としては終わってます。昔から、俺と兄貴は金銭面以外では両親に構われていませんよ。運動会や参観日はスルー。旅行もテーマパークも行ったことないです」

「ご両親、お忙しかったんだな」

太一の遠慮がちな言葉に、陸が呆《あき》れたように嘆息し、首を左右に振る。

「忙しいというより、夫婦間も親子間も興味が無いって感じですね。うちは一緒に住んでるだけでお互いのことは何も知らないです。だから、警察に兄貴のことを色々聞かれて、親も困ったんじゃないですか？　本当に話すことがないんだから」

言葉に感情がこもらない。まるで他人事《ひとごと》のようだ。陸の話は、少なくともみちかの価値観としてはあり得ない。自分の家だってさほど仲の良い家族ではないが、これほど極端なことがあるのだろうか。

「俺も、親も、兄貴が死んでどうこうって気持ちにならないんですよ。むしろ、厄介な死に方をしてくれたなって感じです。一緒に死んだ女の家には民事で訴訟される前にとっとと見舞金みたいなもの払っちゃったみたいですけど、世間の目がね。マスコミは来るし、親戚や近所から白い目で見られてたまんないですよ」

「じゃあ……この前伺ったのも迷惑だったか？」

「さあ。親は〝良い親〟ぶるのは好きなんで。でも、悲しそうじゃなかったでしょう？　たぶん、面倒なことを聞かれて、早く帰れって思ってたんじゃないですかね」

信じられないと思いつつ、陸の言葉が真実であることもみちかには感じられた。あのときの違和感はおそらくこれだ。空人の両親を見て、この人たちは本当に悲しんでいるのだろうかと疑わしく思った。実際、両親が悲しんでいなかったのだとすれば、合点がいく。

じゃあ、なぜ、空人は『家族と仲が良い』と言ったのだろう。

「陸くんは、空人のこと、嫌いだった？」

迷ったものの、みちかは尋ねた。陸が息を詰めた。

それは一瞬だった。陸の表情に明らかな怒りが見えた。眉が険しくなり、瞳に強い憤りが過《よぎ》る。しかし、激情は見る間に消え失《う》せ、彼の白い面《おもて》は無表情に戻った。

「嫌いになるほど交流もなかったんで。でも、死ぬなら迷惑かけずに死ねよ、とはね。

思いましたけど」

「そっか。ごめんね」

みちかは妙な聞き方をしたことを謝り、太一を見やる。もうこれ以上、聞くことはないように思えた。太一がかすかに頷いてから、陸に向かって頭を下げた。

「今日はありがとう。時間を取らせてすまない」

結局ふたりは、空人が残した遺書についてはひと言も口にせず、陸と別れた。


想像していた状況と違った。しっくりきた部分と、不審に思う部分が混在する。

ともかく、みちかも太一も帰り道はなかなか口を開くことができなかった。言葉に悩んでいたし、それなりにショックだった。あんな家族がいるのか。そして、冷え切った家族の中で育ったのが、太陽のように明るい空人だなんて。

「太一」

電車に乗り、みちかはようやく話しかけた。車両内は空いていたものの、座席には座らずにドア付近に立つ。

「空人はなんで家族仲がいいって言ったのかな」

「わからない」

太一が答える。

「ただ、わざわざ家族の不仲を自分から言うもんでもないだろ」

もっともではあるが、みちかは納得できなかった。不仲を言わないのはわかるが、仲がいいと嘘《うそ》をつく理由はわからないのだ。

「年末年始は親と旅行するとか、弟とゲームして徹夜したとか」

「ああ、覚えてるよ。父親が母親の誕生日に料理を作るって言いだして、兄弟で手伝ったとかな。ケーキは失敗して、慌ててパティスリーに行ったとか」

「全部嘘だったのかな」

「わからない」

太一がすげなく言うので、みちかはかすかに苛立った。そんな切り捨てるように言わないでほしい。

「空人の願望だったとか？　太一はどう思う？」

「わからないよ。空人が何を考えていたのか、そもそも俺たちにはまるでわかっちゃいなかったんだろ」

苛立ちを嚙み殺すような口調に、太一の迷いと苦痛が感じられた。冷たい家庭に育ち、親兄弟と理解し合えないのに、仲が良いと嘘をついていた空人。想像するだけで切なくて、空人がここにいるなら寄り添って肩を抱きたくなる。

同時に、不審にも感じた。どうして空人は太一とみちかにまで嘘をついたのだろう。あたかも本当に起こったことのようなリアリティのある嘘をついて、偶像的ないい家庭をアピールしていたのだろう。水くさいというより、壁を立てられていたように感じ、そこに空人の死の原因を知り得ない自分たちを重ねてしまう。無力感を覚える。

「あのさ、空人の部屋の写真、覚えてるか？」

不意に太一が口調を変えた。

「ああ、たくさん飾ってくれてたよね。私たちが写ってるのも多かった。サークルの思い出はやっぱり大事だったんだと思いたいけど」

「一枚、気になる写真があって」

太一はスマホを取り出し、画面をみちかに見せた。覗き込んだ画面は空人の部屋の壁だ。いつの間に写真を撮っていたのだろう。

太一は指で一枚の写真を拡大する。直《じか》にコルクに貼ったのではない、フォトフレームに入った写真だ。敢《あ》えてなのか、斜めにフレームに入れられている。空人とサークルのメンバーが何人か写っていた。空人の笑顔が眩《まぶ》しい一枚だ。

「一年の頃かな。みんなでテニスしに行った時じゃない？」

「誰かがメンバーのスナップを何枚も撮って、アプリで共有してくれた」

「うん、覚えてる。誰だっけ、撮ってくれたの。志保《しほ》かな」

みちかは仲の良かった女友達の名前をあげる。太一が人差し指で画面を指した。

「誰が撮ったかも気になるけど、その前にここ見てくれ」

空人と何人かのメンバーの、すぐ後ろにいるひとりが見切れている。その見切れ方が、ちょうど首から上がないのだ。

「これ？」

「なんとなくなんだけど、この写真の飾り方だとさ、この見切れてるヤツの首をハサミで切り落としてフレームに入れたってことにならないか？」

みちかは黙った。そんな悪意を感じるような飾り方を、わざわざするだろうか。

「空人も他のヤツもすごくいい笑顔だから、飾りたくなる写真なんだよな。でも、なんでこんなふうに飾ったんだろう。斜めに飾るってデザイン的におしゃれだとかこだわりがあるのかもしれない。でも、俺が気づいた限りだとこの一枚だけだったと思う」

「言われてみれば、少しおかしいかも」

空人は意図的にある人物の首から上を切り取って写真を飾った。しかし、空人がそんなことをするだろうか。明朗でみんなに好かれていた空人。自室に飾る写真にそんな秘密めいた悪意があるとは考えづらい。

一方でみちかの心には、空人のことを理解していなかったと落胆している部分がある。空人の本心はわからないのだ。本人に聞くことはもうできないのだから。

「この写真、撮ったのが誰か調べてみる。アプリやカメラロールに履歴が残ってるかもしれない」

「五年前だからな。俺もパソコンで確認するよ」

この日できることはこれ以上なく、太一の最寄り駅に到着するまで、ふたりはろくに喋りもしなかった。

写真を撮ったのは誰だったか。みちかは古いメッセージアプリの記録を見てみたが、機種変更をしたためにすべての会話をたどることはできなかった。該当のデータも会話も探し出せなかった。ただ、クラウドサービスのおかげで同日撮られた写真はカメラロールに残っていた。撮影されたのは、やはり大学一年時の秋だった。空人の部屋で見た写真はみちかの手元にはない。空人が写真で切り抜いた人物も服装を頼りに探したが、みちかの写真の中には見つけられなかった。

やはり、志保に聞いてみようか。みちかは友人を思い浮かべる。女子では一番仲がよかった彼女が、みちかの手持ちの写真にほぼ写っていないのだ。つまりは同日の写真は志保が撮ったものなのだろう。

メッセージアプリで志保に連絡をしてみた。【昔撮った写真のことで聞きたいことがあるんだけど】【大学一年の秋に、テニスに行ったときの写真。撮ったの志保だよね】

既読はつかない。平日午前だ。普通の会社員は勤務中。私用携帯を見られない場合も多いだろう。

　連絡が返ってきたら詳細を話そうと、みちかはバイトの準備を始めた。今日はランチタイムの勤務だ。身支度を整えて一階に降りると、買い物に出る母親と玄関で顔を合わせた。

「またバイト？」

　母が大仰にため息をついて言った。

「お金、稼がなきゃならないからね」

　みちかは家に食費も入れている。携帯電話の料金や保険料も自分持ちだ。最初の仕事を辞めるとき家族に出された条件がそれだった。

「バイトじゃなくて、正社員で勤めなさい」

　みちかの顔をろくに見もせず、母はなおも厳しい口調で続ける。

「そろそろ前の仕事を辞めて一年じゃない。こんなに長くフリーターをするつもりだったとは思わなかったわ。フリーターの時期が長ければ長いほど、就職活動に不利でしょう」

「まあ、そうかもね」

「ハローワークに行ってるの？　そういう素振りも見えないけど」

「今、就活はネットでもできるから」

嘘《うそ》っぱちだった。みちかは再就職に向けて動いていない。もちろん、何も考えていないわけではない。しかし、急いで新しい職場を選んで、また不満を溜《た》めて辞めるのは嫌だ。それこそ職歴ばかり増えてしまう。次に働くなら、給与と待遇の見合う会社を慎重に選びたい。

「あんたが前の会社を辞めた理由なんて、どうせ、退屈だったから、でしょう」

母親がずばりと核心を突く。みちかは唇を噛《か》みしめ、じっと耐えるように黙った。

「仕事になんの夢を見ているのか知らないけど、退屈くらいでちょうどいいのよ。お給料もお休みも充分だったのに、あっさり辞めてしまうなんて、ああもったいない」

このやりとりを続けたくない。前職を辞めたことに、みちかなりに言い分はあるが、母親の正論に打ち勝つ自信はなかった。そして、それを欠片《かけら》でも口にすれば『怠けている言い訳』と取られてしまう。母たちの気に入るようにしなければ、何を言っても無駄なのだ。

「仕事行くわ」

「アルバイトでしょう」

「お金もらってるから、責任あるの。バイトも仕事だよ」

みちかは母親の横をすり抜け、スニーカーを引っ掛けた。

「あんたがさちえお姉ちゃんの半分でも責任の意味を考えてくれたら、こんなこと言わないわ」

母親がみちかの背中に憎々しげに言葉を投げつけてくる。姉を引き合いに出されたくない。みちかは苛立《いらだ》ち、振り返らずに言った。

「責任感あるヤツは大企業入って試用期間中にデキ婚で辞めないと思うけどね」

みちか！ と母親の怒声が飛んでくるので、急いで玄関から出た。自転車を漕《こ》いで、アルバイト先に向かう。

ふたつ上の姉、さちえは、両親の期待を一身に受けて育った。素直で努力家の姉。みちかよりランクが上の大学に進み、新卒で証券会社に入社したものの、四月の試用期間中に妊娠が判明し、あえなく退職、結婚、出産となった。

みちかは知っている。表面上、両親は姉の妊娠出産を喜んだ。近所に住む姉家族を訪ね、孫の面倒もよく見ている。しかし、腹の底ではひどく落胆しているのだ。手塩にかけて育て、今まさに花開こうとしていた娘が、蕾《つぼみ》の状態で手折《たお》られてしまったと感じているのだ。裏切られたような感覚があるのかもしれない。

そのあたりから、両親の期待は徐々にみちかに移り始めた。みちかの就職に口を出し、決まった会社が中小企業であることに不満をもらした。辞めるときは、『再就職は今より大きな会社に』と釘《くぎ》を刺された。みちかに対し、いまだに『姉を手本に』という趣旨の注意をするけれど、それは『両親の理想を生きてきた時代の姉を手本に』という意味だ。姉は途中まで、確かに両親の最高傑作だったのだろう。姉が駄目なら妹で。わかりやすい両親の思考を受け入れるのは難しい。

家族仲が悪かったわけではない。だけど、姉とは差のある教育だったと感じる。今更期待をかけられても、鼻で笑いたくなるというものだ。再就職に向けて動く気になれないのは、そういった理由があるのかもしれない。

苛立ちに任せて自転車を漕いだら、あっという間にバイト先に到着した。考えても仕方ない。ともかくいつもどおり仕事に入ろう。

よく晴れた平日のファミレス、今日は客足がゆっくりだ。昼過ぎに客席が埋まり始める。近くの公民館でイベントがあったのか、帰り道らしい年配の女性のグループが多い。女性客は総じて長居だ。十五時を過ぎてもほぼ満席の状態である。

「香野さん、休憩入っちゃって」

退勤時刻の間際になって、ようやく三十分の休憩が取れた。このまま上がってしまいたいが、休憩後に十五分だけ勤務が残っている。次のクルーの入り時間もあるので、勝手に早く上がることはできない。

「ごめんね。さっき、キッチンもやってくれてたでしょ」

店舗には正社員の男性マネージャーがいる。近隣店舗と兼任なので、ずっと店にいるわけではないが、みちかの勤める店舗には他に正社員がいないので、シフト出しやレジ締め作業などはこの男性マネージャーが担当している。

「いえ、下げ台にバッシングした食器溜まっちゃってたんで、食洗器回しただけです」

「長く勤めてくれてるから、気の回し方が社員だよね。本当に助かるよ」

マネージャーの言葉にまんざらでもない気持ちになった。たかがアルバイトではあるけれど、母に言った通り責任はあると思っている。適当にはやっていない。褒められれば嬉《うれ》しいものだ。

「ほら、ちょっと裏で座ってきな。表は回せるから」

「ありがとうございます」

ドリンクを持って裏手に入ると、ちょうど準備をしている次のクルーの声が控室から聞こえてきた。たしか、大学生の男女だったはず。みちかはドアに手をかけ、止めた。中の話が自分のことだと気づいたからだ。

「香野さんとか、何考えてんだろね」

女性クルーの声が聞こえる。

「大卒で、バイトでしょ。意味わかんないよな」

笑いを含んだ声で返す男子学生。

「普通に就職活動失敗したんだっけ。あの人」

「いや、すぐ辞めて出戻ったっぽい。俺、絶対やだわ。正社員捨ててフリーターとか、レールから外れたら低所得まっしぐらな日本でさ」

そこで笑い声が聞こえる。みちかはグラスのジュースをごくんとひと口飲んだ。思ったより怒っていない自分を感じる。

「めっちゃブラック企業だったのかもよ。もしくは、もう彼氏と結婚予定とか」

「なんか、それってさ。大学行った意味あんの？　親に金出させて」

「まあ、普通は？　就職して親に恩返しって思うけどね。香野さん惰性で生きてるっぽい雰囲気あるじゃん。目ぇ死んでるっていうか。価値観違うんじゃないかなあ、うちらと」

口さがない否定の言葉にも、みちかは格別ショックを受けなかった。概《おおむ》ねその通りだと思ったからだ。

彼らは大学生である。学生は未来に無限の希望があり、みちかのような存在は落伍者《らくご》《しゃ》に映るのだろう。大学生時分のみちかも、今の自分を見たら同じように思ったかもしれない。自分の適性に合う仕事はきっと見つかり、そこで良い人間関係を築き、終身雇用されるに違いない。自分で敷いたレールをめちゃくちゃにして横道に逸《そ》れる人間は、生涯に亘《わた》り低所得の落ちこぼれなのだ。

ただ、彼らに表層だけで判断されるほど、自分の人生は薄っぺらいものなのだろうか。笑われるネタとして扱われるほど、情けない存在ではないはずだ。

一方で、母親の言葉が脳裏を過《よぎ》った。『あんたが前の会社を辞めた理由なんて、どうせ、退屈だったから、でしょう』

その言葉を強く否定できなかった。理想があるわけでもないのに、自分の能力を活《い》かせるのはこんな場所じゃないと過信して飛び出した。そして、いざ飛び出してみると、次に何をすればいいのかわからなくて、動くきっかけをなくしている。惰性と言われたらまさにその通り。

（この子たちを怒る資格もない気がするなあ）

こうした中途半端な生き方は、空人の死とは関係なく、自分自身の本質なのだとみちかは思う。生きるための力が決定的に足りない。こんな人間になる予定じゃなかかったのに。

　みちかがドアを開けそびれていると、向こうからドアが開いた。トイレにでも行こうとしたのか、女子大学生の方がドアを押し開けたのだ。そこにいるみちかの顔を見て、わかりやすくぎくりとした表情をした。その後ろで男子学生の方もぎょっとしているのが見えた。

　ここで嫌味のひとつでも言ってやろうかと思ったけれど、やめた。後々が面倒くさい。

「お疲れ様」

　ひと言だけ言って、控室に入るとどさりと無造作に椅子に腰かけた。ふたりは小声で挨拶をし、そそくさと控室を出て行った。鍵のかかるロッカーからバッグとスマホを取り出す。志保からメッセージが届いていた。


　その晩、志保に電話をかけた。志保は卒業後、小さなお菓子メーカーに一般職で入社している。定時に上がれると言っていたので、電話は二十時にかけた。事前にみちかの持っている写真を何枚か志保のスマホに送ってある。

『久しぶり。みちか、変わりない？』

友人の親しみを込めた声に、みちかはごく短く「うん」と返事した。

『空人くんのこと、残念だったね。ナミとアッコとお通夜に行ったよ。みちかと松下くんは葬儀に行ったんだよね』

「そう」

答えながら、空人の死については話を長引かせたくないなと思った。まだ整理ができていない。空人を過去として語ることも、その死を世間話的に扱うことも。

「写真の件、急にごめんね。ちょっと気になることがあってさ」

『いいよ、いいよ。この写真、確かに私が撮ったヤツだわ』

当たりだ。写真の撮影者は志保。しかし、志保は目的の人物を覚えているだろうか。

「黒い服着てた男子なんだけどさ。名前覚えてなくて。誰だったっけ。急にすごく気になっちゃって」

不自然ではないだろうかと不安になりながら尋ねるが、志保は疑いもせずに笑って答えた。

『うちらの代、人多かったもんねえ』

「そう、名前出てこなくてモヤモヤしてるの」

『待って、探す……。あ、山井《やまい》くんじゃない？』

山井という男子の名前に一瞬まったく心当たりがなかった。しかし、志保がその場で送ってくれた写真が、まさしく空人の部屋に飾ってあった写真で、みちかは息を詰めた。

写真の黒い服を着た人物には顔がちゃんとついている。その顔だけはなんとなく見覚えがあった。

『山井くん、山井耕作《こうさく》くん』

志保がその人物の名前を口にする。みちかがはっきり思いだせない様子を察して、当時の印象をあげてくれる。

『明るくて感じのいい男子だったなあ。大学デビューっぽい雰囲気はあったけど、誰に対しても話を盛り上げようとしてくれるの。空人くんとは違う優しさがある男子だったよ。友達も多かった』

「あれ、でも彼……」

みちかは記憶をたどって、はっと気づく。

「盗難騒ぎとかあって、その犯人って言われて、一年の時に辞めた人じゃないっけ」

山井の顔はほぼ覚えていなかったものの、名前を聞いてふと出来事だけ思いだした。

そうだ、サークルで一時期そんな噂《うわさ》がたったような気がする。

『うん、そうなんだよね』

志保が声のトーンを落とした。

『確か、誰かの財布からお金抜いてたとか。そんな話だったはず』

「やっぱりそうだよね。噂で聞いたんだ。でも、結局のところどういうことだったの？　あの事件」

『わかんない。実際何があったかは有耶無耶《うやむや》じゃないかな。私も直接関わってないし、一部の男子が騒いでたって印象。ちょっと、いじめっぽいっていうか』

「え？　いじめ？」

トラブルがあったことも、辞めたことも噂で聞いた程度。そこにいじめとは初耳だ。太一は知っているだろうか。

『みちかや松下くんみたいに運動だけやりにくる子たちは、そういうの知らなかったかもね。小学生のいじめとかじゃないから、表立ってないし。普段から、サークル棟や部室に出入りしたり、飲み会に参加する子は知ってたんじゃないかな。ちょっと飲みサー的なサークルでもあったじゃん？』

みちかは部活全体の飲み会の出席率は高くなかった。ごく一部の同期や仲の良い先輩との少人数の飲み会にだけ参加していた。あとは圧倒的に太一と空人と三人で飲むことが多かった。山井の件も、確かそういった場のどこかで、ちらっと小耳にはさんだのだと記憶している。

「サークル辞めた後も、学内では山井くんのこと見てない気がする」

『うん、学校も辞めちゃったみたい。騒ぎで全部嫌になっちゃったのかな』

志保もまた、曖昧《あいまい》な答えだ。山井はサークル内で盗難事件を起こした？　そして、居づらくなって学校ごと辞めた？　これだけ聞けば、自業自得ではないかと思ってしまう。

そこで空人の部屋の写真が思い浮かんだ。首のない山井。今スマホの画面に送られてきた首から上のある山井は、写真の中で笑っている。背筋がぞわりとした。

なんの確証もない。だけどもしかして、空人はこの盗難事件に多少なりとも関わっていたのだろうか。

「じゃあさ、たとえば私が今、山井くんに連絡取ったら迷惑かなあ？」

『ん〜、どうかな。そもそも連絡つけらんないかも。メッセージアプリのグループは抜けてるし』

志保が連絡先も知っていればと思ったが、それは望み薄のようだ。

「そっかあ。彼さ、きっと空人が亡くなったことも知らないでしょ。一応連絡した方がいいかなって」

連絡を取りたがっている言い訳として口にすると、志保が数瞬沈黙した。妙な間だったので、思わずみちかは志保の名を呼んだ。

『あ、うーん。空人くんのことは、ニュースになったから知ってるかもよ』

「ああ、そうだね」

改めて、空人の死が怪死だったことをみちかは感じる。日本中の人が異様な心中報道を見た。それは空人本人からは乖離《かいり》した情報だ。

「色々ありがとう。志保と話したかったから、山井くんの件はついでだったの」

『私も色々話したいよ。仕事の愚痴も溜まってるし。今度会おうよ』

ごまかして、女同士のお喋《しゃべ》りに興じながら、みちかは忙しく考えた。山井耕作に、どうやったら会えるだろうか。


太一には翌日に会いに行った。山井耕作のことはすでに連絡済みだ。学校が終わる時間にバスに乗って大学へ向かう。研究室の方に直接来てくれていいと言うので、敷地の奥まったところにある新しい研究棟に入った。みちかが卒業してからできた建屋なのでまったく馴染《なじ》みがない。

五月なのに、今日は随分気温が高い。そのせいか、研究棟はひどく冷房が効いていてエントランスは寒いくらいだ。エレベーターが待てど暮らせど来ないので、身体《からだ》がどんどん冷えていく。仕方なく階段で四階の太一の所属する研究室を目指すことにした。

階段を目的階まで上り切ったところで、話し声が聞こえた。角を曲がった廊下から聞こえてくる。

「約束ですよ」

「わかった」

ひとりは太一のようだ。もうひとりは女性の声だ。無意識に壁に貼りついた。昨日も似たような状況だったなと考えつつ、話し声に聞き耳をたてた。

「松下さんが来るってみんなに言っちゃいますね。やっぱ行かないっていうの無しですから。絶対ですよ」

「だから、参加するって。そんなに俺、信用ないか？」

女性の楽しそうな笑い声。遊びに行く約束だろうか。出て行くタイミングを逸して、壁に背中を預けたまま話が終わるのを待つ。

「じゃあ、詳細スマホに送っときます。楽しみだなあ」

「ありがとう。見ておくよ」

ややあって、角を曲がってきたのは若い女の子。高い位置でポニーテールにまとめた髪が揺れる。みちかのことは気にも留めず、前を通り過ぎていった。今しがた、太一と話していた子だろうか。

ひょこっと角から顔を出すと、太一はまだ廊下にいた。みちかの顔を見て、ぎょっとした様子だ。

「楽しそうで何より」

ニヤニヤ笑ってみちかが揶揄《やゆ》すると、太一は眉間に皺《しわ》を寄せた。ふてくされているようにも、恥ずかしくて困っているようにも見える。

「ゼミの後輩。今度バーベキューやるらしくて誘われた」

「ふうん」

まだニヤニヤしているみちかを鬱陶《うっとう》しそうに見やり、太一が研究室を顎《あご》で示す。

「入れよ。今の時間、誰もいないから」

「お邪魔しまーす」

研究室は左右の壁にずらりと本棚が並び、各自ノートパソコンがセッティングできる仕様の長机が縦に並んでいる。廊下よりも冷房の設定温度が高く、冷えた身体がぬるい空気に馴染んでいく感覚にホッとした。みちかは、デスクに腰を引っ掛けるように寄りかかり、太一を見つめた。

「あのさ、こんなこと聞いていいのかアレなんだけど」

「その前振り、どうせ聞くなら意味ねえだろ」

「ほんとだわ。……単純な疑問ね。太一の恋愛対象って男性なの？　やっぱり」

空人をずっと想《おも》っていた太一。お互いの恋愛について、これまではっきりと話し合うことはなかった。今なら聞けそうな気がしたのだ。

太一は驚く様子もなく、うーんと唸《うな》り、答えた。

「男がほとんど……だと思う。でも高校の時は女子と付き合ったこともあるし、それなりに好きだったと思う」

「つまりはバイセクシャルってことなのかな」

はっきりと言葉にしていいものか一瞬考えたものの、この話を始めた時点で今更である。案の定、太一は大真面目に答える。

「そうなんじゃないか？　女の方がストライクゾーンが狭いのかも」

「じゃあ、さっきの子、どうよ」

みちかは軽い口調で言ったが、割合本気でもあった。太一と会話していた女子の声は弾んでいたし、目の前を通り過ぎたとき、ちらりと見た横顔は嬉しそうな笑みをたたえていた。太一は、一見怖そうに見えるが、身長も高く顔立ちも男らしい。共に時間を過ごすうち、彼を好きになる女子はいるはずだ。

太一はしばし、みちかを見つめ黙った。冷房の稼働音が響く研究室の空気が、ぴたりと動きを止めた感覚がした。

「好きなヤツが死んで、すぐに恋心も死ぬか？」

太一が目を細めて微笑《ほほえ》んだ。頼りなく物悲しい表情に、みちかは自分がひどい失言をしたことに思いいたった。

「ごめん、太一」

みちかは頭を下げ、そのままうつむいた。同じことを言われたら、自分だって傷つく。恋はまだ、胸の奥で燃えている。空人がいなくなった世界でもなお。

「いや、この恋は死なせるしかないんだけどな。お互いに」

太一が諦観を含んだ声音で呟《つぶや》き、みちかは頷《うなず》く資格もないような気持ちになった。こんな言葉を言わせたかったんじゃない。

「正直に言えば、彼女は有りだよ。みちかよりは」

冗談めかして太一が言い、みちかの隣に並ぶと、少し強引に肩を組んできた。

「みちかは家族みたいなもんだから」

「うん。……だから、ごめん。無神経だった」

みちかにとっても太一は家族であり、同胞だった。同じ人を好きだった。そして、同時に失った。それはおそらく他人には説明しづらい強固なしがらみのような絆《きずな》だ。

「気にすんな。それより山井耕作の件」

ぱっとみちかから離れ、切り替えた口調で太一が言う。

「高橋《たかはし》の言ってたトラブル。俺もなんとなく記憶にあるかも」

高橋というのは志保のことだ。みちかは太一の顔を覗き込む。

「私も聞いたことはあるんだけど、直接知らないって感じ。大きなサークルだったせい？」

「たぶんな。俺も又聞きで辞めた事情を聞いたくらい。ただ、いじめっぽくなってたっていうのは、わからない話じゃないいな」

「なんで？」

「空人が上手《うま》くまとめてはいたけど、うちの代は我が強いヤツが多かったように思う。中高でクラスの中心にいるタイプっていうのかな。そういうヤツらが、サークル内の異分子をつるし上げたって聞いても不思議じゃない」

「異分子って……。まあ、泥棒したならそうなっちゃうか」

自分で言って、みちかはふと思う。志保は有耶無耶で終わったと言っていた。みちかも事の顚末《てんまつ》を正確には知らない。泥棒して辞めたなら、自業自得だとは思ったが、それはあくまで伝聞であり、事実を自分も志保も太一も知らないのだ。不自然な気がする。

「いじめはごく一部の男子がしてたみたい。でも、太一、山井くんのトラブルってさ……」

みちかの言いたかったことが伝わったようで、太一は渋い表情で呟いた。

「実際のところ、どうだろうな。誰が被害者かもわからない盗難事件だろ」

太一は言葉を切り、わずかに視線を逸らした。

「あとは、空人がこの事件に関わっていたかってことだよな」

やはり、そこが気になるようだった。なにしろ、空人は山井の写真の首から上の部分を切り取っている。故意であるならば、無関係ではない気がした。

「太一、山井くんの連絡先とかわかる？」

「俺はわからない。でも、確か会計の誰かが、山井がサークル辞めたあとに合宿の積み立ての返金で連絡してるはず。ちょっと当たってみる」

山井の連絡先を聞く、それは、太一もみちかと同じ気持ちでいるということだ。実際に本人から話を聞いた方が手っ取り早いだろう。

「できたら会いに行きたい。いいよね」

「俺たちの行動は最初の最初から自己満足なわけだし、もう躊躇《ちゅうちょ》するのも今更だろ」

そう言って笑う太一を、みちかは頼もしく思った。自分の中の気力が、太一といると満ちていく気がする。根元にあるのが、空人の死という出来事であったとしても、動く理由があることが今は救いになる。

「夕食食べに行くか」

「今日は夜勤。七時までなら空いてるよ」

太一と連れ立って、研究室を出ながら、みちかはさきほどの女子大学生のことを思いだした。

もう太一に言う気はないけれど、彼女がもし太一に告白したら、太一は受け入れるだろうか。今すぐでなくても、たとえば数年後ではどうだろう。太一は頷くかもしれない。

交際云々《うんぬん》は別として、太一は案外すんなり日常に戻れるだろう。太一は自分よりずっと強い。きっかけさえあれば立ち直れる。空人の死という非日常から、みちかを置いて。

山井耕作の連絡先がわかったのは二日後だった。太一が同期の会計係に当たり、そこから先輩に当たってもらった。電話をかけたのは太一で、山井耕作は太一のことを覚えていたそうだ。

『約束とりつけたよ』

電話で太一はそう言った。

『結婚してんのかな。電話口で子どもの声が聞こえた』

「一年生の時に大学辞めてるんでしょ。その頃から働いてるならあり得るんじゃないの？」

『仕事の関係で、土曜の午前なら良いって。みちか、大丈夫？』

「その日、シフト夕方だから大丈夫」

電話を切り、太一がどういった内容で約束をとりつけたのか聞きそびれてしまったことに気づいた。空人の名前は出したのだろうか。

考えてしまう。実際山井耕作に会って、何をどう聞けばいいのだろう。一番聞きたいのは、空人との仲だ。しかし、会っていきなり『空人と仲悪かったの？　空人が死んだけど何か知らない？』と聞けるだろうか。ほとんど関わりのなかった同期が訪ねてきてそんなことを聞いたら、誰だって不審に思うし警戒するだろう。何か知っていたとしても、言わないに違いない。

では、山井耕作自身のトラブルについて聞きたいと言えばいいだろうか。空人は山井の写真を本人の顔が見えないようにして飾っていた。みちかと太一は、空人が山井耕作を嫌っていたという記憶はない。しかし、山井がサークルを辞めるトラブルに空人は関与していたのかもしれない。疑いの段階でしかないけれど。

駄目だ。まだ、何もわからないのに、悪い想像をするのはやめよう。みちかはスマホを充電器に差し込み、首を振った。

空人の死について知りたいだけなのだ。空人はあんな死に方をする人間じゃなかった。空人を怪死に誘《いざな》った何かがあるはず。山井がもし、空人を恨んでいたとすれば、空人の死の手がかり……いやもしかしたら深く関わる人物なのかもしれない。それならば、慎重に事を運ぶべきだ。

五月も半ばにさしかかる土曜日、みちかと太一は待ち合わせ、山井の住んでいる街へ向かった。常磐線《じょうばん》で上野から四十分。

駅前の指定されたコーヒーショップで待っていると山井が姿を現した。ほとんど忘れていた接点のない同期だが、こうして顔を見れば、何度か話した記憶がよみがえってくる。みちかは近づいてくる山井に会釈した。

「今日はありがとな」

太一が気さくに話しかける。山井は静かに首を振り、言った。

「遅れて、悪い。子どもを保育園に送ってきた。うち、嫁が看護師でさ。夜勤だったんだ」

やはり結婚しているようだ。山井は工務店名の入った作業着姿で、写真で見た印象より随分大人びた顔立ちになっていた。頰がこけているのは痩《や》せたからではなく、年を重ねたからであり、全体的にがっしりした体格と風貌は、大学デビューの初々《ういうい》しい青年とは一線を画していた。そして、その表情にはどことなく影があった。

「山井もこれから仕事なんだろ?」

「今日の現場は昼前に入ればいいから」

「そっか、ありがとな。こっち、香野。覚えてる?」

みちかは再び会釈をした。山井はちらりとみちかを見て、すぐに視線を下に向けた。

「ああ、松下と三木空人と、いつも一緒にいたから覚えてるよ」

みちかはどきりと固まった。おそらく横で太一も息を詰めている。こちらから尋ねる前に、空人の名前が山井から出たのだ。

「待ってて。コーヒー買ってくる」

山井は低い声で言い、太一が奢《おご》ると言うのを制し、席から離れた。みちかと太一は顔を見合わせるだけで無言。山井がコーヒーを手に戻ってくるのを待った。

「あいつ、……三木空人、死んだんだろ」

席についた山井はあっさりと口にした。身構えていたみちかは、ごくんと生唾を飲み込む。

「うん……」

「もしかして、今日は三木のことで俺のところに来たの?」

「まあ、そうかな」

太一が答えた。山井がようやくふっと笑った。それは嘲笑めいた、見た者がひやりとするような歪《いびつ》な笑顔だった。

「じゃあ、俺が三木に仕組まれてサークルを辞めたって、おまえらも知ったんだ」

みちかと太一は言葉に詰まった。空人に仕組まれた? 山井は確かにそう言ったが、意味がわからない。

「あいつ、おまえらには知られたくなかったみたいだな。自分が卑怯者《ひきょうもの》だってさ」

「待ってくれ。俺たち、そういうことは知らなくて」

「あ、あのね、山井くんが辞めた経緯を……聞きたくて……きたんだよ」

みちかのたどたどしい言葉に、山井は嘆息して答えた。

「じゃあ、今言った通りだよ。三木に陥れられた。事実無根の噂を流され、友達をみんな奪われ、サークルにも学校にも居場所をなくして追い出された」

「空人は！」

思わず大きな声を出してしまい、みちかは自身に狼狽《ろうばい》した。周囲をそろりと見回し、小さく背を丸めながらも言葉を続ける。

「空人はそんなことしないよ」

「そりゃ、おまえらにはやんないだろ。松下と香野は別枠って扱いしてたもんな」

山井はせせら笑うように顔を歪《ゆが》めた。表情からも口調からも憎悪を感じる。冷静でいられなくなりそうなみちかの横で、太一が落ち着いた声音で語り掛ける。

「山井、俺たちには全部ピンとこないんだ。申し訳ないが、おまえがサークルを辞めた経緯を話してくれないか」

しばし、三人のついたテーブルに沈黙が流れた。やがて、山井は眉間に皺を寄せて口を開く。

「一年の秋、講義が一緒のヤツの財布から金を盗んだと三木に吹聴《ふいちょう》された。サークル内で」

山井は苦渋に満ちた表情になる。進んで口にしたい話ではないだろう。

「三木と共通の友達で、そいつはうちのサークルじゃない。金の貸し借りはあったけど、俺が貸した方。そいつがいつまでも金返さなくて、俺も結構苦しかったから強引に金を取り返したんだよ。逃げ回るそいつを捕まえて、財布奪って、『パチンコに使うくらいなら返せ』って一万円札を抜き出した。『倍にして返すから』なんてふざけたことを言うそいつを放置して、その足で購買に行ってさ。周りで見てたら、ふざけてるようにしか見えなかったと思う」

「空人はそこにいたのか？」

太一が尋ね、山井は頷いた。

「いたよ。普通に笑って見てた。でも、それをなぜかうちのサークル内でこんなふうに言いふらしたんだ。『山井は人の財布から金取って、パン買いに行くヤツだからな。気をつけた方がいいぞ』って。それを俺が知ったのは周りの態度の変化を感じてからだった」

みちかは息を飲んだ。それは、間違いではない事実。しかし、その言い方では周囲の印象がまるで違ってしまう。

「待って、でも、たったそれだけのことでしょう？　山井くんとその男子のお金の貸し借りはサークル内の話でもないし」

「ああ、それだけだって思うだろ？　俺もそう思った。でも、歪んだ噂の恐ろしさっていうのかな。あのとき知ったよ」

山井は、必死なみちかを憐《あわ》れむような、自分自身を憐れむような、そんな顔をしていた。

「三木には悪意があった。事実を絶妙に脚色して吹聴したんだ。山井は金を取るヤツ。泥棒。恐喝まがいのこともしてる。自分がされたわけじゃないけど、あまり関わらない方がいい。……サークルの連中は俺と金の貸し借りのあったヤツのことを直接知らない。輪の中心にいた三木の言葉を真に受けて、見知らぬ〝被害者〟の存在を信じたよ」

「嘘」

反射的に呟いていた。空人がそんなことをするはずがない。あの優しくて明朗な空人が。

きっと、山井もまた世間一般の人のように、好き勝手言っているだけなのだ。死人に口無しをいいことに、空人を悪者にする気なのだ。

一方で、太一は至極冷静だった。

「俺も香野も、空人の口からそういったことを聞いたことがない。山井がサークル内でトラブルになったとは噂で聞いてたけど、いじめみたいな目に遭《あ》っていたってことがいまいち想像できないんだ」

「俺自身、周囲にハブられてようやく知ったよ。あいつ、裏で人を選んで話してたんだ。まず、自分と同じようにサークルの中心にいる一年、次に俺と親しいヤツら。そいつらが俺を無視し始めて、他のメンバーが『あれ』って思うだろ？　そこで、話すんだ。『山井は人の金を盗んだらしい』って。『実家が貧乏だから、金に困ってる』『中高では万引きの常習犯だったようだ』とかな。実家は確かに金がなくて、俺も奨学金で通ってたけど、万引きは完全に嘘だよ。三木の悪質な作り話」

「まるで見てきたように言うんだな」

さすがに信じがたいのか、太一の表情が険しくなる。口調も責めるような言い方に変わった。山井は心もち顎を上向け、ふうと嘆息した。

「実際、仲良かったヤツをひとり捕まえて問いただした。まあ、そいつはすっかり三木に取り込まれてたから、俺がどんなに弁解しても聞いてくれなかったけどな。三木は『俺も財布から金が無くなったことが何度かあった。山井に抜かれていたかもしれない』とも言ったらしいよ。断言しないところがずるいよな」

山井がくだらなそうに笑った。太一とみちかは押し黙ることしかできない。

「俺をサークルから追い出そうとしていたのは、五、六人ってとこ。そいつら以外は、噂を信じてるヤツか、興味がないから関わってこないヤツ。おまえらみたいに、三木の都合でわざと蚊帳《かや》の外に出されてるヤツもいただろうな」

そう言って、山井は険しい表情のまま顎を下ろし、うつむいた。そのときの無念を思いだしているかのように見えた。

「空人本人とは話したか？」

太一が尋ねると、山井は頷いた。

「話した。ひとりのときに、どういうつもりだって聞いたよ。そうしたら、あいつ言ったんだ。『俺は世間話程度に、事実を言っただけだよ。みんなが変なふうに受け取ったんだな』って。びっくりするくらいいつも通りの笑顔だったよ。あのクソ野郎」

なぜだろう。みちかには山井のいう空人の笑顔が想像できた。目を細め、優しく、少しだけ困ったように微笑む空人。彼の笑顔はいつも清らかで無邪気だった。

同時に、ぞっとするような不快な感情が湧き起こった。

それは、山井の言葉に対する怒りとはまた違う、胸の悪くなるような不快感だった。

脳裏に空人の部屋にあった写真がちらついた。輝く空人、首のない山井。

山井の言葉は、空人の部屋に残った悪意を裏付けるような気がしてしまう。

「空人はどうしてそんなことを……」

言ってしまってから、空人のしたことを認めたような嫌な気持ちになった。あくまで仮定の話だと、みちかは自分に言い聞かせる。

「俺が邪魔だったからだろ。あの頃、二年代表を決める時期だったから」

山井は素《そ》っ気《け》なく答えた。

二年代表とは、みちかたちのサークルの役職だった。三、四年生は一部の授業で校舎が変わるため、サークル活動に参加しなかったり、部室を留守にすることが多い。そのため、代々二年生の代表を決めてきたのだ。みちかの大学では他のサークルでもよくあることだった。

そして、みちかたちの代では空人が二年代表を務めた。圧倒的支持を得て決まったのを覚えている。

「確かに、空人じゃなければ、山井だっただろうな。二年代表は」

太一が静かに言った。それは山井の御機嫌取りの発言ではない。みちかよりサークルの内情に詳しいであろう太一の評だ。

「ハブられて、聞こえるように悪口言われて。廊下で背中蹴られたこともあるんだ。仲良かったヤツらに……。最後の方は、全員敵に見えてた。おまえらみたいにろくに事情を知らないヤツもいたはずなのに、大学中の人間が俺を泥棒だと思っていて、白い目で見てる気がした。ちょうど親父《おやじ》が体調悪くて家計も厳しくなりそうでさ。嫌な思いしながら大学に通う意味がわからなくなって、どんどん足が遠のいて、結局自主退学を選んだよ。思えば、あの頃、ちょっと病んでたのかもな」

山井は瞳を伏せ、過去を振り返るようにゆっくりと話した。それから顔をあげ、ふたりを見た。

「三木が女と心中したってニュース、テレビで見てさ」

やはり空人の死は、誰かからの連絡ではなく報道で知ったようだ。

「いい気味だって思ったね。でも、俺にはもう関係ねえわ」

「ずっと恨んでたんじゃないのか？」

太一の問いに、山井が首をすくめてみせた。

「居づらくなって大学辞めたのは事実だけど、決断したのは俺だし。それに、あの時辞めてなかったら、たぶん嫁に会ってない。子どももいないと思う」

そう言った山井の瞳は凪《な》いでいた。表情も落ち着き、嘘を言っているようには見えない。

「俺は俺なりに、今の生活が幸せなんだわ」

「なんで、俺たちにここまで話してくれたんだ？」

「さあ、誰かひとりかふたりには、俺が泥棒じゃないってわかってほしかったからかな」

山井が席を立った。もう、いいだろと言わんばかりにふたりを見下ろし、最後に言った。

「それが三木空人の親友なら、気分がいいよ」

山井耕作と話したのはほんの三十分ほどの短い時間だった。しかし、みちかはひどく疲れていた。その疲労感のほとんどが『信じられない』という気持ちに端を発するショックだ。みちかはほとんど手をつけられなかったカフェオレのマグカップを手で包み、太一を見つめた。

「整理できない」

「山井が嘘をついてるって思うのか？」

太一もまた沈痛な様子だった。盗難事件は濡《ぬ》れ衣《ぎぬ》で、いじめが仕組まれたものであったとなれば、加害者は被害者へそっくり立場を変えることになる。

「空人がそんなことする？　人を陥れるようなこと」

「山井は、空人が俺とみちかに悪い部分を隠していたみたいな言い方をしてたな」

「おまえたちの知らない一面があるって？　そんなの、空人がもういないんだからいくらでも言えるじゃない」

「山井の話が本当なら、空人も同じ手を使ったってことなんだろ？　皆の知らないヤツを被害者にして、山井を加害者に仕立て上げた」

みちかはぐっと黙った。そんなことは信じたくない。

「真偽は山井の話だけじゃわからない。だけど、一点だけ納得したことがある。空人の部屋の写真だ」

太一が眉根を寄せて、うつむいた。

「山井と空人との間には因縁があった。あの写真の飾り方にはやっぱり意味があったんだよ」

山井耕作の首から上を切り取った空人。自分の立場を脅かす存在が憎かったのか、それとも陥れた人間の目を見たくなかったのか。

「太一、私これから志保に会ってこようと思う」

「高橋に？」

「うん、ここからなら帰り道に寄れるし、あの子土日休みだから」

みちかはスマホを取り出し、志保にメッセージを送る。夕方のバイトまでに最寄り駅に帰り着ければいいのだ。

「志保は、私たちよりサークルの内部事情に詳しいと思う。この件、最後はよく覚えていないって言ってたけど、もう一度ちゃんと聞いたら、何か思い出すかもしれない」

ショックで立ち止まっていられない。みちかの強い意志に、太一が頷いた。

「わかった。俺もこの件を知ってるヤツを探してみる。空人と一緒にサークルの中心にいた人間……副代表の杉広《すぎひろ》とか」

ふたりはコーヒーショップを出て、電車でそれぞれの目的地を目指すことになった。

志保にはすぐに連絡がついた。ランチに誘うと、出てきてくれるというので上野で待ち合わせた。先日電話で近いうちに会おうと言っておいてよかった。

「聞いてよ、うちの会社のさ」

駅ビルのイタリアンに入って席に着くなり、志保は溜まっていたらしい仕事の愚痴を矢継ぎ早に話しだした。元々、お喋りが好きなタイプだ。みちかは相槌《あいづち》を打ち、食事をとりながら切り出すタイミングを待った。

「あのね、この前聞いた、山井くんのことなんだけど」

さりげなく口にしたのは、セットのデザートが運ばれてきた頃だった。

「ちょっと気になることがあってね。空人のことも関係してて」

こちらの言葉が終わるより先に、志保が表情を硬くし、そのまま口をつぐむ。様子の変化を訝《いぶか》しく見つめるみちかに、志保が重たそうな口を開いた。

「……急にどうしたのかなとは思ったんだけど。やっぱり空人くんのことか」

「ごめん、ちゃんと言わなくて。生前の空人のことで気になることが出てきたの。志保なら何かわかるかなって連絡した」

みちかは言葉を切って、志保を見つめた。

「空人と山井くん、あんまり仲良くなかったのかな」

思えば、空人の死を山井に伝えようかと言ったとき、志保は微妙に歯切れが悪かった。やはり何か知っているのだろう。すると、志保が頷く。

「最初の頃は悪くなさそうだった。でも、山井くんがサークル辞める頃は、結構批判的に見えたな、空人くん」

「批判的って……お金のトラブルについて？」

「うん。この前、山井くんをいじめてたのは一部の男子って言ったじゃない？　そこに空人くんはいたよ。『山井とは話さない方がいい』って言ってるの、聞いたこともある」

志保は客観的な立場で話している。みちかは胸にどすんと錘《おもり》を載せられたような心地になった。盗難の真偽は別として、空人がいじめの加害者側にいたのは間違いないようだ。

「実際、山井くんが誰の何を盗《と》ったとか知らないけど、サークル内の空気は山井くんが泥棒だって感じだったじゃない？　それを悪口言ってた男子たちが、助長させてるっていうのかな」

山井の言葉の通りなら、サークル内で盗難事件は起こっていなかったし、山井が泥棒だというのも濡れ衣だ。しかし、サークルメンバーの多くは、サークル内に窃盗犯が存在し、その犯人を追放したという後味の悪い事件として記憶しているだろう。あえて思いだしたいことではないはずだ。それを仕組んだのが、空人なのだろうか。

「空人って、私や太一には、誰かの悪口とか言わなかった。だから、意外なんだよね」

言葉を選ぶみちかに、志保が言いづらそうに表情を曇らせた。

「私個人の意見だけど、たまに他者を落とすような発言はあったのかなって思う」

「空人が？」

「本人からしたら、いじりの範囲なんだろうし、そういうところをノリがいいって思うメンバーはたくさんいたよね。私がそのノリ苦手だから、悪く見えちゃっただけかも」

「そう……」

そんな一面も、みちかは知らない。自分たち三人の間でも悪ふざけはあったけれど、みちかと太一が本気で怒りだすような悪辣《あくらつ》なやり口はなかった。他のメンバーには、そんな面を見せていたのか。それが空人の本質なのか。

「私の知らない話、聞けてよかったかも」

力なく言うみちかに、執り成すように志保が付け加える。

「空人くんはずっとサークルの中心だったじゃない。みんなに好かれるリーダーだったのは間違いないよ。嫌な面だって、きっと、メンバーを上手にまとめるために仕方なくだったんじゃないかな。……だから、マスコミに不謹慎に報道されるような子じゃない……と思う」

語尾は低く尻すぼみになった。

「ごめん、つらいのはみちかや松下くんだものね」

「ううん」

「私、三人がきょうだいみたいに一緒にいるの羨ましかったよ。三人でふざけてるのとか、大笑いしてるのとか、変な指切りしてるのとか。きっとサークルのみんなも、あの中には入れないって思ってたんじゃないかな」

志保の言葉はありがたいと同時に絶望的に響いた。

そんなに特別な関係なのに、空人の嫌な部分を何ひとつ知らなかった。

みちかと太一の知らないところで、空人は邪魔な人間を陥れていた。明朗な笑顔の裏で、他者を傷つけていた。

それで、どうして親友だなんて言えよう。綺麗《きれい》な面だけ眺めて、ひとりよがりな恋に浸っていたなんて。

空人の遺書が浮かぶ。『俺はふたりをいつまでも恨んでいるよ』。

恨んでいて、憎んでいるなら、空人はみちかと太一のことも陥れようと思っていたのだろうか。山井のように。

みちかは取り繕った表情すらできなくなっていた。


太一と再び会ったのは翌々日、月曜の夜だった。ファミレスでの仕事を終えての待ち合わせは、みちかの最寄り駅に太一が来た格好だ。

「今日は？　家庭教師？」

「そう」

太一は院生をしながら、家庭教師のアルバイトをしている。文学部だが、高校で進路を決めるまでは理系だったそうで、中高生に国語、数学、英語を教えているのだ。

「腹減ってるか？」

「あんまり」

「俺も。コーヒーにするか」

志保と会って話した内容はすでに伝えてある。太一の方は、今日の日中にサークルメンバーと連絡がついたらしい。ふたりでチェーンのコーヒーショップに入る。閉店まであと三十分だと言われたものの、たいして長引く話でもなく、今から場所を移すのも億劫《おっくう》だったので、この店に決めた。

「副代表の杉広と話したよ。あいつの認識は、『山井は泥棒』『関わりたくないから無視した』って感じだった」

サークルの代表は空人だった。副代表の杉広と空人は、一年の頃から仲が良い。かなり近い人間といえるはずだ。

「空人から聞いた話だって言ってた？」

「それが覚えてないらしい。誰が被害にあったのか、誰から聞いた話なのかも曖昧だってさ」

いじめの構造としてはよくあることなのかもしれない。被害者は、自分のされたことをいつまでも覚えているし、心の傷になっている。加害者は、さほど強い気持ちで相手を迫害していないので、事件の全容も時間が経《た》てば忘れてしまう。杉広は、おそらく自分たちが加害者であった自覚すらないのだろう。山井という泥棒から距離を取ったという記憶だけで。

「聞けることがそれくらいで、掘り下げても無駄そうだから、適当にごまかして電話切ったよ」

「うん、それでよかったと思う」

「案外、空人が印象を操作したのかもな」

太一が無表情で言う。

「盗んでいる現場を見たって最初は言って、周りを扇動して、噂が広がったら『聞いた話だけど』とか『みんなそう言ってるよ』なんて、自分の関連はぼやかしてさ。一部には『自分も金をとられたかも』みたいなことも言ってたんだろ？　はっきりと明言はしないで逃げ道作って」

「太一、それじゃ……」

「だって、山井や高橋の話じゃ、空人はそういうことをする人間だったんだろ？」

太一が声を荒らげた。すぐにはっと目を開き、口元を押さえる。

「悪い」

「ううん」

みちかは首を振り、それから眉間に皺を寄せうつむいた。

「太一、私、わかんないよ。空人が死んで、みんなの口から出てくる空人は、みんな私たちの知らない空人だ」

「ああ、俺も正直混乱してる」

太一もまた憔悴《しょうすい》した表情で額に右手を当て、腕をつっかえ棒にしてうつむいた。

「空人は嫌いな人間をいじめて、輪から追い出すようなことしないよね」

「俺もそう思いたい」

でも……、太一の語尾にはその言葉が続きそうだった。みちかはかぶりを振る。

「だって、私たちは恨まれてたんでしょう？　嫌いな人間を排除するなら、どうして私たちと一緒にいたの？」

「知らねえよ。空人の気持ちがわかるなら、……俺たちこんなことしてないだろ」

みちかは押し黙った。その通りだ。ここで信じられないとわめいてどうなる。自分たちは空人の死の理由を知りたい。ただ、考えていなかったのだ。空人の死の裏側に思わぬ景色が広がっていたなんて。

「実は、みちかにこの前言えなかったことがある」

ややあって太一が言った。みちかは下から覗きこむように太一を見た。

「この前っていつ？」

「遺書を読んですぐの頃、心当たりはないのかって聞かれたとき。あのとき言えなかったけど、俺は空人に嫌われる理由があった……と思う」

みちかは目を細めた。太一と空人は同性の友人として完璧に見えた。兄弟のように近しい距離にいながら、べったりと甘えた関係ではなく自立していた。空人と気安く肩を組んだりできるのも、同性ならではで、みちかにとってはそれも羨ましかった。

好意のあったみちかは空人に触れることはできなかった。太一とはふざけて小突き合ったりしても、空人とは指切りひとつするにもドキドキした。同性なら、もっと近づけるのに。ずっとそう思っていた。

「三年の夏合宿、覚えてるか？　長野の白馬に行った」

「ああ、テニスコートとか体育館借りて、日替わりでいろんなスポーツしたね」

「あのとき、俺、空人に近づき過ぎた」

太一はうつむいて続ける。

「三日目の晩、男子部屋で酒飲んでたんだよ」

「なにそれ、知らない。ずるい」

「確か、女子は女子で集まって喋ってただろ。俺たちは、男ばっかで下世話な話なんかしながら、結構深酒したんだ。そのとき、空人が畳に転がって寝ちゃってさ。あいつは隣の部屋だったから、俺が肩貸して運んだんだ」

三年生の夏。……空人はまだ彼女とは付き合っていなかったように思う。

「部屋には誰もいなくて真っ暗で。空人の身体を下ろしたとき、俺、布団に足を取られてこけたんだ。それでその……勢いで空人を押し倒すような格好になってた」

太一は額に手をやり、前髪をかきあげた。細められた目は、その瞬間を思いだしているようで、困惑と羞恥《しゅうち》が見える。みちかは首を振った。

「そんなの事故でしょ。空人も酔っぱらってたんだろうから、覚えてないよ」

「いや、空人は覚えてたと思う。俺は空人の上から動けなかった。空人の顔の横に手をついて、じっと見下ろしてた。顔と顔がものすごく近くて、吐息がかかるくらいだった。素面《しらふ》なら絶対に起こり得ないシチュエーションだろ？　その恋人みたいな距離をやっぱり嬉しいと思ってしまったんだろうな」

まるで告解だ。太一は切なく目を伏せ懺悔《ざんげ》する。

「気がついたら空人が、いつまでも覆いかぶさっている俺を、きょとんと見あげてた。その目がなんていうかまっさらに純粋でさ。俺は途端に正気に返って、とんでもないことをしでかしたと飛びのいた。畳を後退《あとずさ》って、それでも空人から目が離せなかった。頬も身体も熱かった。酒のせいじゃなく、心臓の音が爆発しそうに鳴り響いてて」

太一はうつむき、苦しそうに語る。実際にその頃の感情が蘇《よみがえ》っているようにも見えた。

「慌てたのが、逆効果だったんだと思う。意識してるのバレバレだろ、そんな態度。そうしたら、あいつ首をゆっくり巡らせて俺を見た。酔っているのか、間延びした声で言ったんだ。『太一は、俺のこと』って」

その光景が目に浮かぶようだった。暗闇の中、空人の透明な瞳に射抜かれた太一。まるですべてを見透かしたような空人の態度。ふたりの間で培われた二年半の友情が、ぐらりと揺らぐ瞬間。

同じ状況であれば、みちかもまた罪悪感で胸がつぶれそうになっただろう。

「それで終わり。空人はすっと目を閉じ、寝てしまった。それが狸寝入り《たぬきねい》りなのか、本当なのかも確認できなかった。俺は転がるように自分の部屋に戻って、まだ酒を飲んでる連中を無視して布団をかぶった」

コーヒーの深い黒を見下ろし、みちかは黙った。太一の切ない表情を見ていられなくなったのだ。

「苦しくて心臓が破れそうだった。これでもう空人の傍《そば》にはいられないって、それがつらくてつらくて……。今すぐ死にたいって思った。気持ちを伝える気なんてなかったから、好きだとバレたら全部終わりだったんだ。空人に嫌われる前に消えてなくなりたかった」

みちかはその頃、とっくに太一の気持ちには気づいていた。同じ輝きに惹《ひ》きつけられているのだ。一緒にいればわかる。太一が自分と同質の感情を抱えていることにどこか安堵《あんど》していた。同志にそんな抜きんでた思い出があったなんて、告白されなければば知らないままだった。

「じゃあ、空人はその後態度を変えなかったってことなんだね」

みちかの言葉に、太一はゆっくりと頷いた。

「どころか、秋には彼女を紹介してくれたよ。名和アン。心中したあの子」

太一は自嘲的に微笑んだ。

「あの時は絶対にバレたと思った。だけど、こうして時間が経ってみれば、わからない。空人は俺の気持ちに気づいていたんだろうか。だけど、もし気づいていたなら、俺のことが気持ち悪かっただろう。同性で、友達でこんな感情……」

みちかは左手をのばし、マグカップを持つ太一の右手の甲を包んだ。慰めるように、何度も撫《な》でる。

「それなら、私だって、同罪」

「みちか」

「でも、空人がもし私たちの気持ちに気づいて、鬱陶しいとか、気持ち悪いと思っていたのだとしたら、遺書にはそう書くと思う」

空人が恨んでいるなら、きっと別の理由があるのだ。それはみちかと太一にはまだわからない理由なのだろう。

「私たちは、空人に何をしてしまったんだろう。本当のことが知りたいよ」

みちかは噛みしめるように言った。閉店時間の近いコーヒーショップには、すでにみちかたち以外の客はおらず、カウンターやドア付近では、店員が片付けを始めていた。ふたりは間もなく店を出た。

第四章

インスタントコーヒーを淹《い》れ、自室に戻った。ワイヤレスのイヤホンを耳にあてがい、スマホでサブスクリプションアプリを起動し、音楽をかける。特に聞きたい曲があるわけでもない。最近は誰かとカラオケにも行かないし、追いかけているアーティストもいない。必然、聴く曲は大学時代によく聴いた曲になる。三、四年前の曲は、耳に馴染《なじ》み、すぐに思い出が浮かび上がってくる。この曲は太一の部屋で、空人と三人で聴いた。この曲はカラオケに行き、みんなで歌った。

思い出ばかりだ。懐かしくて胸が苦しくなる。

しかし、そんな思い出すら、正しいものなのかわからなくなっている。自分たちの見ていた空人はなんだったのか。都合のいい幻だったのか。幻に恋をしていたのか、五年以上もの間。

いや、空人は空人だ。彼がみちかと太一を見る目には、いつだって温かな親愛があった。強い信頼があった。差し出された手。三人でした指切り。大切な思い出すべてを否定したくはない。

ふと、思いだす。そういえば、空人とは本当によく指切りをした。

空人が死んだときも太一と振り返ったが、彼にとって約束といえば指切りだった。何かにつけてするので、みちかも太一も習慣のようになってしまった。右利きのみちかと太一が小指を組み、そこに左利きの空人が左の小指を絡める。

『指切りげんまん』空人の悪戯《いたずら》っぽい声。

そうして、三人で誓い合った。くだらないことから、大事なことまで。例えば、テストで一番成績が悪かったヤツが他のふたりの飲み代を払う。スリーオンスリーのバスケで、絶対勝とうと気合いを入れる。別の道に進んでも、それぞれ頑張ろうと約束する。

数多《あまた》の約束は空人の『指切りしよう』で成り立っていた。空人はどんな気持ちで指切りをしたのだろう。恨んでいた相手と。

そういえば空人が他の人間と指切りをしているのを見たことがない。たまたまだろうか。いや、どう考えても記憶にない。もしかして空人は指切りの約束を、ごく一部の人間としかしていなかったのだろうか。

みちかの脳裏に海底に沈む空人の小指が映像で浮かんだ。暗い暗い水底に小さな泡とともに落ちていく白い指。長くて爪の形が綺麗《きれい》だった。見たわけではないのに、イメージしてしまう。空人は約束の小指を切り落として死んだ。

わからないことばかりだ。空人の二面性、死の真相。ここで立ち止まるのが嫌だから動いている。それに、今すべてをやめたら、暗闇に足を取られてしまう気がする。すぐ後ろにある暗い何かを、ずっと感じている。


翌日の夜、みちかは太一の部屋にいた。次の一手に詰まった感覚がある。指切りの件も含め、太一に相談に来たのだ。

「指切り、確かに俺たち以外としてるところは見たことないな」

太一が思いだすように視線を天井に向け、それから頷《うなず》いた。太一の言葉にほっとする。指切りの気づきではなく、太一がまだみちかと同じ方向を見て、同じように考えてくれていることに安堵《あんど》したのだ。ここに、空人を過去にできない仲間がいる。

太一はみちかの想《おも》いなど、気づくこともなく続ける。

「でも、指切りで約束をするの、空人は好きだったんだと思う。事あるごとに指切りした記憶がある。ある程度の年齢になったら、普通指切りなんてしないだろ？」

「そうだよね。なんか大事にしてる感じした。子どもの頃からの習慣とかかな？」

「仮面家族って言ってたあの家庭でか？」

太一は否定的に眉を寄せ、続けた。

「ともかく、それだけじゃわからないよな。何も」

そう言われてしまうと、みちかも頷くしかない。何かのヒントになるかと思った指切りも、手がかりになるほど重要な要素ではなさそうだ。

「私さ、まだ、いろんな事実がショックなんだよね」

空人が死んでからわかったことに、頭がついていかない。ふたりに見せていた姿と出てくる情報とのギャップに、少なからず衝撃を受けている。

「空人って、私たちにはすごく優しかったもん」

「寛容だった、と俺も思う」

太一も静かに頷く。

「私が仕事辞めたときも、全然嫌なこと言わなかったなぁ」

就職した会社を三ヶ月で退職したとき、家族からは散々に言われた。大学時代のバイト先であるファミレスに出戻ったときも、当時のマネージャーに『もう、戻ってきたの』と苦笑いされた。なんの気なしに投げつけられた言葉で、不意に刺されたような心地がしたものだ。

「俺は言ったぞ。条件よかったのに、もったいないって」

「うん、太一は言った」

みちかは少し笑って、空人の顔を思い浮かべる。

「でも、空人は何も言わなかったんだ。むしろ『環境が合わないことはよくある。気にすんな』って慰めてくれた」

思いだすと、顔がほころぶ。あのときの慈愛に満ちた空人の顔。理解を示され、すごく嬉《うれ》しかった。

みちか自身、仕事を辞めたことに対しては、多少後ろめたいような気持ちがあった。つまらない仕事だった。自分でなくても誰でもできる。やり甲斐《がい》もない。この小さなオフィスで年上の同僚に囲まれ、貴重な二十代を消費していくことに漠然とした不安が募り、辞めると決めたときは清々《すがすが》しい気持ちでいっぱいだった。しかし、辞めてみれば周囲の目に萎縮《いしゅく》した。自分が正社員という社会的な立ち位置を捨て、非正規雇用のフリーターという危うい身分になったことも、辞めるまで実感を持てなかった。

空人の穏やかな言葉と気遣わしげな態度はみちかを救った。上場企業に勤め、きっとそこでも明るく頑張っている空人が、自分を否定しなかったのだ。

「俺から言わせれば、『またみちかを甘やかして』って感じだったけどな」

太一が苦笑して言うので、みちかは唇を尖《とが》らせて言い返す。

「嫉妬でしょ。空人が私にばっかり優しかったから」

「嫉妬じゃないっつうの。空人は俺のこと信頼してたから、無暗《むやみ》に甘やかすようなことを言わなかったんだよ」

ふんとマウントを取ってみせる太一。みちかが吹き出した。ふたりで顔を見合わせて、笑い合う。

「何年遅れで恋バナしてんだろな、俺たち」

「本当に、それ」

同じ人を好きだった。同じ人にそれぞれ別々に惹《ひ》かれた。でも、失えば一緒だ。

「考えてみれば、空人は自立してたよな。みちかを甘やかすのに、自分自身は甘えたことは一切言わなかった」

「太一にも、仕事の愚痴とか言わなかったんだ」

「ああ。でも、愚痴ひとつ話してくれなかったのは、寂しいな」

先日の志保もそうだが、女子は話すこと自体がストレス解消になるのか、まったく知らない話でも上手に説明し、共感を得ようとする。男同士は、そこまでして喋《しゃべ》ろうとはしないのだろうか。

「空人の仕事って、営業になるのかな」

ふと、みちかは呟《つぶや》く。空人の就職先は人材派遣から不動産業、IT、テクノロジー分野まで多岐にわたる複合企業である。空人の配属は、ブランディングされた企業名にソリューションズと名のついた会社のはずだ。

「正直、そのへん全然知らないんだよな」

「私も。聞いたことない」

しばし、ふたりは黙った。みちかの胸の中にはざわざわとした感触が蘇《よみがえ》りつつある。

「仕事……。空人の仕事について、私たち何も知らないね」

「俺も今、同じことを思ってた」

卒業後もふた月と空けずに会っていた。居酒屋で顔を突き合わせ、いろんな話をした。だけど、空人は仕事についてはほとんど口にしなかった。聞けば「順調だよ」くらいの返事があった記憶はある。しかし、自分から話題にしたことは、思えば一度もなかった。大学時代の思い出や、仲間の近況、そして太一とみちかの話で三人の会は成り立っていた。仕事の話自体がないのだ。愚痴など出てくるはずもない。

「空人……仕事で何かあったってことはない？」

太一が重々しく言った。

「調べる価値はあるかもな」

空人の会社の同僚に会おう。ふたりでそう決めたものの、簡単なことではない。いきなり会社に押しかけては、不審者扱いで門前払いを食うに違いない。親族でもない人間相手に、誰が対応してくれるだろう。

そこで、太一がまず空人の弟に連絡を取った。大学まで会いに行ったときに、スマホの連絡先を交換しておいた太一は、やはり抜け目がない。

【できれば、個人で連絡が取れそうな人を教えてほしい】

陸からの返信は【兄のスマホはまだ警察から戻ってきていません】のひと言。落胆しかけたが、しばらくして陸から画像が送られてきた。画像は葬儀の芳名帳を撮影したものだ。もう一枚はその芳名帳をエクセルデータにした表である。住所と電話番号が香典に記載されていた人間は、データとしてまとめてあるようだ。

【このへんが会社関係者だと思います】

思ったより協力的な陸に驚くものの、ひとまず礼を伝える。陸がいなければ、手がかりが途絶えていたところだった。

しかし、ここからは慎重にいかなければならない。並んだ名前の中から、空人のことを尋ねられる相手を選ぶのだ。闇雲に全員に電話すれば怪しまれるだろう。葬儀に訪れた会社関係者は五名と思われる。

「たぶん、芳名帳の三番目以降の人がいいと思う」

太一が言う。

「一緒に葬儀に来たなら、上司から受付するだろ。あんまり上の立場の人間じゃなくて、年が近いくらいの人間がいい」

「アテにはならないけど、名前も若い感じの人がいいかな」

「そうだな」

芳名帳の会社関係者を見ると、四番目の電話番号は携帯だ。名前は近藤裕翔《こんどうゆうと》。名前の印象だけ見れば二十代にも思える。

「私がかけてみるよ」

みちかは請け負った。時刻は二十時半。残業や飲み会がなければ、会社員は家にいる時間帯だろう。

『はい』

かけた番号はすぐに繋《つな》がった。出てくれたことに安堵しつつ、みちかは緊張でつっかえそうになりながら尋ねた。

「近藤裕翔さんの携帯電話でしょうか？」

『そうです』

「私、香野と申します。先日亡くなった三木空人くんの友人です」

電話の向こうで、相手が重く沈黙するのが感じられた。電話を切られる前にと慌ててみちかは続ける。

「急にお電話を差し上げて申し訳ありません。空人くんの御同僚でいらっしゃいますよね」

『同期です』

近藤から応答があった。さらに同期という言葉に、みちかはスマホを耳に当てたまま太一に目配せした。偶然だが、話を聞くには適任の人物ではないか。

「あの、不躾《ぶしつけ》なお願いで恐縮なんですが、少しだけ、空人くんの話を伺うことはできませんか？」

近藤が黙るので、沈黙の隙間《すきま》を埋めるようになおも言葉を続ける。

「どうしてもお話を聞きたいんです」

ふうとかすかなため息が聞こえ、次に近藤が言った。

『三木くんの私物が会社にいくつか残っています。それを取りに来てくださるんでしたらいいですよ』

これほどとんとん拍子にいくとは思わなかった。電話で話した近藤という男性は、空人と配属部署も同じだと言う。かなり近い人間を引き当てることができた。

近藤と約束したのは翌週月曜の昼休みだった。空人の勤めていた会社は丸の内にある。平日のオフィス街に来ることがないふたりは、ビル群と行き交う会社員の姿に自分たちの場違いぶりを感じていた。なんだか浮いている。かたや学生、かたやフリーターだ。服装はふたりともジーンズ姿である。

しかし、気おくれしている場合ではない。みちかは太一と会社前の植え込みで近藤を待った。十二時を少し過ぎたところで近藤が姿を現した。電話をしながら待ち合わせたので、すんなり会えた。

「今日はありがとうございます。お店取ってるんで、よければ昼食を食べながらお話しできませんか?」

太一が丁寧に頭を下げ、みちかもならった。近藤は銀縁のメガネをかけ、細身のスーツ姿。ワックスで無造作にあげた髪の毛や、整った顔立ちが、いかにもモテそうなタイプに見えた。みちかは勝手に空人と気が合いそうな人だと思った。空人も綺麗な容貌で、目立つタイプだった。

少し歩いた先、別のオフィスビル内の和食店に個室を取っておいた。話を聞く上で、会社の人間と偶然に会ってしまうような場所は避けた方がいいと配慮したからだ。

「これ、三木の私物です」

席に着くなり、近藤が紙袋を手渡してくるので受け取った。中にはハンカチやペンケース、予備のネクタイやスマホのバッテリーなどが入っている。たいした量ではない。

「ご家族に取りにくるよう頼んだんですけど、こっちで処分してほしいとのことで。でも、あまり気分のいいものでもないですよね。遺品の処理なんて」

その冷めた口調から、みちかは自身の認識を即座に改めた。この青年は、おそらく空人と仲が良かったわけではない。

「私たちから、弟さんに渡そうと思います。ありがとうございました」

「いえ」

頼んであった松花堂弁当はすぐに運ばれてきた。箸をつけながら、太一が口を開く。

「近藤さんは空人とは同じ部署だったんですよね」

「ええ、同期入社で同じ営業一課に配属されました」

「失礼ですが、どんなお仕事をされているんですか？」

近藤が一瞬黙った。警戒されているのだろうか、とみちかは心配になった。

「……人材育成のコンサルタント……。対法人向けのルート営業って感じで考えてもらえるといいですね」

「空人、仕事の面ではどうでしたか?」

みちかは尋ねる。近藤は咀嚼《そしゃく》を終え、お茶をすすってから、少しぞんざいな口調で言った。

「上司とは上手《うま》くいっていなかったんじゃないかな」

みちかと太一は顔を見合わせた。いきなり不穏な答えがくるとは思わなかった。

「何かあったんですか?」

「いや、特に何かってわけじゃないです。ただ、三木は人より叱責されることが多くて、本人も不満げだったなと」

「それは、パワハラ……みたいな感じですか」

「普通の指導の範囲だと思いますよ。でも、馬が合わないってあるじゃないですか。そういう感じです」

近藤はこちらを見ずに、食事を進める。食べたらさっさと離席するつもりかもしれない。みちかはなるべく焦りを見せないように、続けて質問をした。

「空人は、職場で、居心地が悪かったんでしょうか？」

視線を落としたままの近藤の顔を覗《のぞ》き込み、真摯《しんし》に尋ねる。

「私たち、仲の良い友人だったんですが、何も知らないまま彼に死なれてしまって。私たちの知らないところで、自殺の原因になるようなことがあったんじゃないかと考えているんです」

近藤が顔を上げた。右目を眇《すが》めた表情は困っているようにも面倒くさそうにも見えた。

「まあ、なんというか。あまり友達の方に言うのもなんですけど、三木は少しクセのあるヤツでした」

空人が？　みちかは聞き返したいのをぐっとこらえた。空人の仕事環境や対人関係を聞こうと思ったのだ。しかし、近藤が口にしたのは空人自身のこと。

近藤が湯呑《ゆの》みを手にする。

「自信満々でビッグマウスでしたね。新人のうちなんて仕事ができるわけないじゃないですか。でも、尊大っていうか。そういうところが、上司や先輩の鼻についたんだと思います」

「鼻につくって……。本人の態度が悪かったってことですよね」

「まあ、そうです。俺ならできますってしゃしゃり出て、結局口ばっかり、みたいな」

「その……嫌がらせみたいなことは？」

上司から嫌われていたのなら、やはりパワハラがあったのだろうか。みちかの問いに近藤は首を左右に振った。

「だから、そういうんじゃないですよ。強いて言うなら、冷たくは当たられていたという程度です。自分で言うほどできるヤツじゃなかったんで、仕事量もみんなと同等。仕事を過剰に押し付けられたとかでもないです」

近藤の口調は、嫌な相手をけなすものではない。雑で面倒くさそうだが、客観的に聞こえた。

「あと、これは個人的に気になったんですけど、謝れないタイプだなとは思いました」

「謝れない……」

「でかい口叩《たた》いて、失敗しても、すぐに謝れば可愛《かわい》い後輩でしょ。育て甲斐のある新人だなんて思ってくれる上司もいる。でも、三木は絶対謝らなかったですね。悪いのは自分ではなく、相手。運が悪かった。タイミングを外した。そんな言い訳をよくしてました」

みちかと太一はしんと押し黙った。どちらも食事の手は止まり、呆然《ぼうぜん》と近藤の話を聞いている。これは、本当に空人の話をしているのだろうか。

「誤解してほしくないですけど、俺は結構三木と話す方だったと思いますよ」

飲むでもなく手にしていた湯呑みを置き、近藤が言った。

「職場で波風たてたい方じゃないんで。三木が先輩とトラブったときなんかも謝った方がいいって忠告しました。あいつには『俺が謝る理由がない』って突っぱねられましたけどね。上があいつを『扱いづらい』『使えない』って侮れば侮るほど、三木は頑《かたく》なになっていって。部内の空気も悪いし、去年の年末に一度言ったんですよ。『もう少し素直になれよ』って。そうしたら、なんて言ったと思います？」

近藤は言葉を切って、呆《あき》れたように嘆息した。

「『上司に取り入って、でかい仕事回してもらってるおまえみたいなヤツと話すことはない』と言われました。いつも余裕たっぷりの顔してた三木が、そのときは鬼みたいな形相《ぎょうそう》で俺を睨《にら》んだんです。ああ、嫌われてたんだなあって。そこでようやくわかりました」

「空人は……近藤さんに嫉妬していたんですね」

「嫉妬ですかね。あいつは自分の方が優れてると思ってたんでしょう。でも、一年目の俺たちに能力の優劣なんかさほどないですよ。俺があいつより、オフィスに馴染《なじ》んだ。それだけなんです」

みちかは空人を思った。オフィスで孤立していた空人。それはいじめを扇動していたという話より、ずっとずっと想像しづらいものだった。大学時代の空人は、いつだって仲間に囲まれて楽しそうにしていた。輪の中心の人気者だった。

「ともかくそれ以来、三木とは喋ってないです。恋人と心中って聞いたときは驚きましたし、マスコミには変な取り上げられ方をされたでしょう。でも、変わったヤツだったから、エキセントリックな自殺もあり得るのかなって。同じオフィスの同期なんで葬儀には行きましたが、あいつのことは最初から最後までわからなかったなという感覚です」

話し終えたというように、近藤はお茶をすすった。残りの食事を手早く片付ける。

「あまり聞きたい話じゃなかったんじゃないかな」

近藤がぼそりと言い、太一が首を振った。

「いえ、ありがとうございます。……近藤さんの知る範囲で、他に大きなトラブルなんかはなかったんですね」

「オフィスではないと思いますよ。プライベートはわからないです」

それで全部だった。食事が終わると、昼休みの都合もあるので近藤は先に出て行った。残されたみちかと太一は、ほぼ手付かずだった松花堂弁当をもそもそと口に運んだ。食欲はわかず、作業のように平らげると、店を出た。


電車に揺られ、空人の家を目指す。預かった空人の私物を届けねばならない。ふたりは空いた座席に並んで座った。

心が重たかった。話してもなんの慰めにもならない気がした。

みちかのそんな心情を理解しているはずの太一は、真っ暗な地下鉄の車窓を眺めている。

「さっきの話さ。俺は嘘《うそ》じゃないと思った」

やがて、太一が低い声で言った。視線は窓の向こうを見たままだ。さっきの話とは、近藤の話。空人が職場で浮いていたという話。みちかは太一の横顔を見た。

「空人、コミュ力すごく高かったじゃん。私はしっくりこなかったよ」

みちかは若干憤慨していた。一方で自分が以前ほど空人を妄信していないことにも気づいていた。空人は完璧であるという想いは、すでに薄らいでいる。それでも、空人が職場で孤立していた想像をしたくない自分がいる。

これはきっと、自身のイメージの問題だ。信じたくないという気持ちの問題だ。みちかは唇を噛《か》みしめた。

「コミュ力高くて自信があったからこそ、自分のトークや戦略が上手くいかなかったときのダメージは大きかったんじゃないか？」

太一は冷静に分析する。

「空人は場の中心でありたかったのかもしれない。サークルではそれが成功した。一、二年の時は先輩に可愛がられ、上級生になったら役職について後輩からも慕われた。邪魔なヤツは追い出し、周囲に仲のいいメンバーを侍《はべ》らせた。それには、多少強引だったり、支配的な思想が必要だったんだろうな」

みちかの脳裏に志保の言葉が過《よぎ》った。空人は、他者を落とすような発言をしていた。本人はいじりの範囲だと思っていたのかもしれないけれど……。

「自己顕示欲はしっかりあった方だと思う。実際、勉強できたし、サークル内をまとめる能力も高かった。だから、自分に自信もあったんじゃないかな」

「職場では、それが通用しなかったってこと？」

「たぶん……。空人の思うようにはハマらなかった」

みちかは背もたれに身体《からだ》を預け、わずかに顎《あご》を持ち上げた。

「就活ってさあ、自分の長所とか短所をあげるんだよね。私、長所を全然あげられなくてさ、そうしたら、空人が言ったんだ。『みちかはおおらかで明るいところがいいところだよ』って」

「どうした、急に。就活の思い出？」

「思いだしたの。そのとき空人に、面接の質疑応答のお手本を見せてもらったこと。すらすら言葉が出てくるの。喋るのが仕事の人っているでしょう？　そんな感じ。空人はプレゼン上手だったなあって。実際、大手に入社したしね」

「でも、それだけじゃ、駄目だったのかもな」

ふたりは黙った。口が上手く、アピールが得意だった空人。本人には口にしたことを実現する自信があったのかもしれない。しかし、社会はそれほど甘くなかった。

「ひとりでもがいてたのかな、空人」

「俺たちに知られたくなかったっていうのも、あったんだろ」

自分の能力や立場を認められず、周囲に頼ることも、頭を下げることもできなかった空人は、孤立を深めていったのかもしれない。どんな気持ちでいただろう。

「私たちが、こんなふうに空人のプライバシーを探ることも、きっと喜んでいないね」

「だろうな」

太一が嘆息して、それから口の端をくっと引き上げた。それは太一にしては意地悪な微笑《ほほえ》みだ。

「文句があるなら化けて出てこいって思うよ」

「そうだね」

みちかも自嘲の笑みを浮かべた。

「私たちは私たちのエゴを通そうか」

電車が乗り換えの駅に到着した。

二子玉川駅で降り、一度訪ねた道をたどる。空人の自宅には、陸がひとりでいた。今日は大学の講義がないとは聞いていたので、近藤に会ったその足で遺品を届ける約束をしていた。

陸本人は、遺品に興味はない様子だったが、会社では処分に困っていると伝えると、受け取ると言ってくれた。会社側に、空人の遺品を不要であると伝えたのは、彼らの父親らしい。

「お茶淹れるんで、中に入ってください」

「お構いなく」

そう言いつつ、ふたりは招かれるままに室内に足を踏み入れた。陸とまた話をするチャンスかもしれない。陸は兄の仕事に対してどこまで知っていただろう。追い詰められていたと、弟の目から見て感じただろうか。

「空人の同期の人に会えたよ。陸くんのおかげ」

キッチンでお茶を淹れる陸の背に、太一が声をかけた。

「いえ、俺はたいしたことしてないんで」

「陸くんは空人の仕事のこと、本人から何か聞いたりしてた？」

お茶の盆を手に陸がリビングに戻ってくる。

「だから、そんなこと話すほど仲良くなかったんですって」

そう答えた陸の表情は、最初と二度目の対面よりずっと落ち着いていた。空人の死から一ヶ月が経《た》つ。一般的に時間は傷を癒すが、この互いに無関心な兄弟のわだかまりにも多少変化があるのかもしれない。芳名帳の件といい、太一とみちかに協力的な姿勢を見せてくれている気がする。

「……なんというか、ほぼゴミですね」

ふたりの向かいのスツールにつき、紙袋の中を覗き込んで陸が呟いた。にべもない言い方に、みちかは苦笑した。

「そんなものじゃない？　会社に置いておく私物なんて」

「捨ててくれればいいのに。まあ、同僚からしたら気味悪いか。死んだ人間の私物なんて」

相変わらず無味乾燥な口調のまま、陸は紙袋からがざがさと遺品を取り出す。無造作にテーブルに転がしながら、こちらを見た。

「形見分け、します？」

みちかは言葉に詰まった。形見がほしいのかと言われたら、よくわからない。代わりに太一が穏やかに言った。

「じゃあ、もらおうかな。ゴミにしちゃうんだろ？」

うながされ、みちかは遺品の中からハンカチを手に取った。大学時代に見たことのないものだから、社会人になってから買ったものだろう。空人の持ち物である実感はない。

太一が細いペンケースを手に取った。中から一本のペンを出し、しげしげと眺める。それから陸に向き直った。

「これ、高いヤツじゃん。陸くんが持っていた方がいいかもね」

陸の表情に変化があった。眉が上がり、空人によく似た二重の目がわずかに見開かれる。唇が何か言いたげに薄く開いた。

「陸くん？」

無表情な陸の突然の変化に、みちかはかすかに息を飲んだ。呼ぶと、陸は我に返ったように目を伏せ、平常の調子で答えた。

「俺があげたペンです」

「陸くんが？」

「向こうが二十歳のときに。……とっくになくしたと思ってました」

どこか呆《ほう》けたようにも見える表情に、なんと声をかけたものか迷った。そのくらい、陸の様子は今までと違って見える。たった一本のペンで。

「じゃあ、余計に陸くんが持っていなよ。俺はこっちのペンをもらう」

太一が言い、別のボールペンをつまみあげ、みちかと陸に見せてから鞄《かばん》にしまった。

ほどなくしてみちかは太一とともに空人の家を後にした。

午前中晴れ渡っていた空には、雲が広がっている。風もひやりとする。梅雨《つゆ》入りはまだ先だけど、明日から数日は雨だと今朝のニュースで言っていたことを思いだした。

気圧が下がっているせいか、軽い頭痛を感じる。

「少し疲れたね」

「ああ」

形式上でも、形見分けなんてしてしまったせいか、空人の家を訪ねる前より気持ちがしぼんでいた。空人の死を調べたい、どうして空人が死を選んだか知りたい、と願いながら、心に重たい石が伸《の》し掛かる。くたびれた。その言葉に集約されてしまう。

一方で、みちかの心には先ほどの陸の表情が焼き付いていた。陸は、空人にボールペンをプレゼントしていた。二十歳の記念に。

冷え切った兄弟関係でそんなことをするだろうか。それとも、その頃は多少関係が良好だったのだろうか。

もしかしたら、空人は会社で陸からもらったペンを大事に使っていたのではないか。

「帰ろう」

この話を太一にすべきか。いや、今はいい。また今度にしよう。みちかはぼんやりと考えながら改札を抜けた。

第五章

バイト中は何も考えず、無心で働いているものだと自分では思っていた。料理提供の順番、その間にやっておくこと、客席の様子、デザート提供のタイミング。慣れた作業だが、思えばそれなりに考えて動いている。身体《からだ》に染みついたものだけではできない。すべての分野に言えることだろうが、ぼんやりしていて務まる仕事はなく、時間いっぱい集中して取り組むことが、周囲にも自分にもストレスのかからないことなのだとみちかは思う。

住宅地のファミレスも、ランチタイムは忙しい。昼時には、この近辺に勤める会社員が大勢やってくるし、駐車場があるので、外回りの営業マンも立ち寄る。近隣の主婦は会議の場に利用し、年配の客層は朝食からやってきたりする。

いつも午前中に現れる年配のご婦人グループがいる。まだモーニングタイムの八時半や九時くらいから四、五人でやってきて、お喋《しゃべ》りをしてパンケーキやあんみつなどを食べてお茶をするのだ。週に二、三度やってくる彼女たちは、みちかが専業でファミレスに入るようになってから、よく話しかけてくる。大学時代より、日中に勤務することが増えたせいか、顔を覚えられてしまった。

「香野さん、香野さん」

胸のネームプレートで名前もチェックされている。親しげに呼ばれるので、レジカウンターから身を乗り出した。ひとりのご婦人ががさがさとビニール袋を押し付けてきた。

「これね、枇杷《びわ》。良ければ、スタッフさん皆で食べて」

「わあ、いいんですか？　こんなに」

「亡くなった主人が植えた枇杷でね。毎年、たくさん生《な》るんだけど私ひとりじゃ食べきれなくって。みんなに分けても余っちゃうのよ」

「香野さん、私たちみんなもらったから、遠慮なくね」

「独り占めしちゃってもいいのよ」

ご婦人たちはにぎやかに枇杷を勧め、会計を済ませて帰っていった。可愛《かわい》がってもらえているのは嬉《うれ》しい。彼女たちからしたら、孫のような年齢だろう。

パントリーにビニール袋を持ち込むと、ちょうどマネージャーがキッチンのヘルプに入るところだった。フロア用の制服にコックコートを羽織っている。

「常連の奥様たちにいただきました」

「あ～、今帰っていった人たちね。気持ちは嬉しいけど、フルーツってあんまり食べないんだよな。うちのクルー」

言われてみればそうかもしれない。個包装の焼き菓子などならしばらく控室に置いておいても食べてもらえるが、フルーツは足がはやい。水っぽく手が汚れ、皮をむく手間もいる。そうなると、手を出さないクルーも多い。枇杷そのものを食べたことがない若いクルーもいるのではなかろうか。少し考えて、みちかは言った。

「私は好きなんですよね。もらっちゃっていいですか？」

「ああ、いいよ、いいよ。香野さんがもらってくれた方が助かる」

実際、とびきり好きというわけではないけれど、控室に置き去りにされ腐らせるよりいいかと思ったのだ。

「あ、そうだ。香野さん、上がり五時だよね」

マネージャーがキッチンのドアをくぐる直前で尋ねた。

「はい、そうです」

「上がったら、ちょっと時間ちょうだい」

なんだろう。そう思いながら、みちかは客席からのコールでフロアに出て行くのだった。

「正社員登用」

言われたままをオウム返しにして、みちかはマネージャーの顔を真《ま》っ直《す》ぐ見つめた。控室の奥にある四畳ほどの小部屋は、発注用のPC置き場であり、マネージャールームとしても使われている。

「私がですか？」

「そりゃ、香野さんでしょ。本人に話してるんだから」

マネージャーが言いながら笑った。

「不定期でやるんだけどね、正社員登用試験。マネージャーから推薦って形でエントリーシート出して、面接してって流れ」

流れはわかったが、どうして自分なのかがわからない。フリーターだから声がかかっただけだろうか。

「香野さん、元々学生時代から働いてて、他で会社員やってから、また戻ってきたんだって？」

三十代前半のこのマネージャーは昨年末にやってきたので、みちかの学生時代や仕事を辞めて出戻ってきた経緯を伝聞でしか知らない。

「事務職とかさ、オフィスワークの会社員に戻るつもりなら、無理にとは言わないよ。ご存じの通り、土日休めて早く家に帰れる仕事じゃない。正社員なんて、あっちこっちの店舗の雑用、バイトのシフト管理、足りないところの穴埋めが主な仕事。それで給料はたいしたことないっていう、残念な労働環境にはなるけどさぁ。はあ」

我が身が不憫《ふびん》になったのか、言いながらマネージャーが大きなため息をつく。

「勧誘しておいて、マイナス条件あげまくるの、どうかと思います」

「先に言っておいた方がいいでしょ？　知ってると思うけど」

アルバイトの社員登用の話は、制度としては聞いたことがあるが、実際みちかの周りで登用試験を受けた人間はいなかった。聞いた実例は、子育てを終えた主婦がアルバイトから店舗の責任者になったぐらいだ。

「離職率高いからさ、うちの会社。外食産業全体がそうか」

マネージャーは言う。

「ぶっちゃけ、二十代半ばから三十代前半は常に人手不足なんだよね。現場経験豊富で、ゆくゆくは本部で働ける若手の人材がほしい」

「それで私ですか？」

「香野さんは条件ぴったりなんだよ。そもそも下がいないと、俺がいつまでも上に行けないじゃん」

冗談めかしてから、マネージャーはみちかに顎《あご》をしゃくって見せた。

「香野さんは、現場を任せられる。接客も、管理面も。経験長いってだけじゃなくて、気が利くよね」

「過大評価ですよ」

「あれ、やる気ない？　それとも謙遜？　発注のアドバイスとか、俺は結構助かってるけどね」

確かに在庫の発注数などをアドバイスしたことはある。マネージャーはこの店舗以外にも責任者を兼任していて、把握しきれていない点も多い。あらゆる時間に出勤し、この店舗については全体を把握できているみちかが手助けをしているのだ。

「主張しないから、扱いやすいって思ってるわけじゃないよ。お客さんにも好かれてるし、仕事も判断も速い。面倒なことを言うクルーともいい距離で協調してる。香野さんは管理者向きだなって思うよ」

リップサービスだろうと受け取りつつ、面と向かって褒められることが少ないので猛烈に恥ずかしくなってきた。羞恥《しゅうち》に耐えると、難しい表情になってしまう。むっつり考えるふうに黙っているみちかの肩を、マネージャーがぽんとたたいた。

「少し考えてみてよ。俺は香野さんだから声をかけたんだ。あとでエントリーシート、データで送るからさ。チャレンジするなら、今月中に書いて。面接は来月ね」

現在は六月の頭。考える猶予はもう少しありそうだ。

マネージャーがフロアに戻るため、控室からも出て行くのが見えた。控室には、十七時から勤務の草間がいた。壁も薄い。正社員の話は聞こえていたようだ。

「みちかちゃん、いい話じゃん」

にやにやしている。みちかは照れ隠しに仏頂面《ぶっちょうづら》になる。

「よくはないでしょう。正社員なんてめちゃくちゃ大変そうじゃないですか。責任増すし」

「じゃあ、断るの？」

「……それは、まだ考え中ですけど」

適当に仕事をしているつもりはなかった。賃金をもらう分は真面目にやりたいと思ってきただけだ。しかし、そうした姿勢を褒められ、見込んでもらえるのは素直に嬉しい。見ていてくれる人間はいるのだ。そして、認めてもらえるのだ。

「正社員ってことは、店舗業務だけじゃなくて、いずれは本部で企画やマーケティングなんかの仕事もできるかもよ。同じ仕事をするなら、先に広がりがあった方がいいよ。みちかちゃん、若いんだし」

「草間さんも若いじゃん」

「私、実は妊活中なんで。気持ち的に優先はそっち」

草間はにいっと笑った。

「みちかちゃん、やりたいことが別にあるなら、そっち取った方がいいと思う。でも、模索中なら選択肢のひとつに入れてもいいんじゃん？」

「模索中？」

「うん。夢が見つからないとか、将来何やったらいいかわかんない時期ってあるじゃない。でも、考えてないわけじゃない。模索中ってやつ」

模索中とは、改めて聞くとなかなかいい言葉だなとみちかは思った。やりたいことがなく、主体的に生きられないことを否定され、自分自身でも褒められないと思ってきた。でも、探しているという現状は悪いことではないはずなのだ。

「〝これ〟って早々と一本に決めずに、選択肢増やすのはいいと思うんだよね。やりたいことがその中にあるかもしれないし。ゆっくり模索すればいいよ」

両親や世間の同調圧力で視野の狭い考え方に陥っていたのかもしれない。草間の言葉に、みちかは心が軽くなるようだった。

「草間さん、ありがとうございます。ちょっと考えてみようかな」

「うんうん、そうしな」

草間が年上らしく鷹揚《おうよう》に言った。


動き出すような感覚があった。帰り道の自転車、顔や髪にぶつかる風が心地いい。空人が死んで、停滞してしまった空気がわずかに振動した。自分の内側にも風が吹くかもしれない。

帰宅すると、母が夕食を作っていた。枇杷の入ったビニール袋を棚に置き、背中に呼びかけた。

「お父さんは？」

「もう帰るわよ」

父の会社は近く、定時であがれば十八時くらいには帰宅する。

「話があるんだけど」

ちょうど、玄関の開く音がした。

父がダイニングに顔を出すなり、みちかは正社員登用の話を切りだした。思えば、少々浮かれていた。自分の価値を認められたような気持ちだった。だからこそ、父の冷徹な言葉を聞いて、目を見開いて言葉を失ってしまった。

「駄目だ。外食産業なんて」

父はネクタイを緩めながら間続きのリビングに入り、仕事鞄《かばん》をソファに置いた。こちらを見ずに言葉を続ける。

「低賃金で労働時間ばかり長いじゃないか。福利厚生だって、どこまで説明された？ きっとたいしたものじゃないぞ」

「そのへんはネットでも見られるし、就業規則をちゃんと確認するよ」

「働きに金が見合わないと言ってるんだ。一般的な企業に入って、事務職に就け」

信じられないような気持ちでみちかはそれを聞いていた。

父は圧制者でも頑固親父《おやじ》でもない。姉の教育に関心を見せていた分、みちかについては放任気味だった。あれこれ指示し始めたのは、姉の結婚以来だ。

こうして会話するようになって、みちかは父の頑《かたく》なさと、受容精神の低さを改めて痛感する。姉という成功体験があるせいか、父は気に入らない意見を受け入れない。姉の場合は不可抗力だったが、突然の妊娠によって、両親の干渉から抜け出せたのだろう。姉がそこから出たかったかは別として。

「うちのファミレス、知っての通り、大きなグループだよ」

なんにせよ、頭ごなしに否定されるのは気分のいいものではない。

以前の会社より格上の会社へと言ったのは両親だ。条件はクリアしているはずである。しかし、父は背中を向けたまま言い放った。

「たかがバイトからの成り上がりだろう。偉そうに言うんじゃない」

「……は？」

「さちえは新卒で証券会社に入ってるんだぞ。比べてみて、自分でどう思うんだ？」

強い怒りを感じると、咄嗟《とっさ》に言葉は出ないものだ。みちかは深く息を吸った。ムカつくなどというレベルではない。人間として馬鹿にされているとしか思えない。

「お父さん、やっぱりお友達の、ほら、あちらの会社にお願いしたらいいんじゃない？」

母が口を挟んでくる。それから、みちかに向き直り言うのだ。

「みちか、お父さんのお友達で会社を経営している方がいてね。八王子だから、少し通勤時間はかかるけれど、そちらに御厄介になれないかって考えてるのよ」

「はあ？　なにそれ」

自分の知らないところで就職活動までされていたようだ。しかも、父の知り合いのところらしい。

「聞いてないし、嫌だけど」

みちかの憤慨した声を無視し、父が母に対して答えた。

「こんな出来じゃ、あいつにも頼めんよ。いっそ、嫁にでも出した方が安泰かもしれないな」

みちかは拳を固く握りしめた。ぎりっと奥歯を嚙《か》みしめる。

そうか、両親の中で自分はそれほど厄介なのか。早く片付いてほしい存在なのか。

両親の価値観は、姉の結婚で変わったのだろう。理想通りにならないなら、結婚させればいい。その方が恥をさらさずに済む。幾分かマシ。

「私は！」

せり上がってくる強い憤り。みちかは怒鳴っていた。

「あんたたちを満足させるために生きてない！　今更、お姉ちゃんの代わりにしようとすんな！」

険悪なやりとりはあっても、こんなふうに両親に声を荒らげたことはほとんどない。

父がようやく振り向いた。面倒くさそうな顔をしていた。

「そんなことはしてないだろう。さちえより出来が悪いんだから、余計に頑張ろうって気はないのかと言ってるんだ」

「頑張る理由が、あんたたちの見栄《みえ》のためなら、絶対嫌だわ。勝手に比べて私にぐちぐち言うなら、あの時、お姉ちゃんの結婚も出産も許さなきゃよかったじゃん。私はお姉ちゃんとは違う人間なんだよ！」

「みちか！」

母のたしなめようとする声音は的外れで、みちかは怒りのままにダイニングルームを飛び出した。階段をずんずんと上り、自室に入る。力一杯ドアを閉め、そのままベッドに転がった。

眠ってしまったのだろう。うつ伏せの姿勢が苦しくなって起きたのは深夜三時だった。身体を起こし、けだるさにため息をついた。シャワーを浴びにのろのろと階下に降りる。両親はとっくに眠っている時間。シャワーを済ませ、髪を乾かして二階の自室に戻ってきた。早々に眠ってしまったせいか眠気はもうどこかにいってしまった。空腹を感じる。夕飯を食べていないせいだ。

改めて時計を見て考えた。あと三十分もすれば始発が出る時刻になる。みちかはスマホのバッテリー残量を確認し、トートバッグに放り込んだ。一緒に充電器も入れる。ファンデーションとアイブロウ程度しか入っていない化粧ポーチ、保湿クリームもだ。

あとはバイト用のブラウスを入れ、立ち上がった。ジーンズに半袖Tシャツ、パーカーを羽織る。階下に降り、キッチンに置きっぱなしだった枇杷のビニール袋を手に、みちかは家を出た。歩きで駅まで向かう。

太一の部屋に行こう。このままあの家で両親と顔を合わせていたくない。緊急避難だ。太一はきっと受け入れてくれる。

とはいえ、始発で押しかけたらさすがに申し訳ない。駅前のファミレスかコンビニのイートインスペースで時間をつぶしてから行こう。大学に行くのが何時か知らないが、七時か八時には起こしても問題ないだろう。そんなことで怒る太一ではない。

電車で三つ、太一の最寄り駅に到着し、エスカレーターで改札階に上がる。ちょうど日の出の時刻だ。朝陽《あさひ》が駅前のビルに当たっているのが、エスカレーター横の窓から見えた。

改札へ行こうとして、足が止まる。人もまばらな駅の構内、改札の手前で向かい合う男女に見覚えがあった。太一だ。そして太一を見あげているのはあの時の女子大生だろうか。太一の後輩の女の子。

(こんな時間に一緒にいるとか……)

一晩一緒にいたことは間違いないだろう。それがどんな理由かはわからない。不思議と胸がずしんと重くなった。手足の感覚が曖昧《あいまい》だ。

ともかく、ここで鉢合わせは避けた方がよさそうである。みちかは自動販売機の陰に入り、スマホを取り出した。彼女が改札を抜け、目の前を通り過ぎてエスカレーターをくだっていくまで、スマホを眺めているフリをした。

それから、改札を出て太一に電話をかけた。まだ近くにいるだろう。

『どうした、みちか』

案の定、太一はすぐに電話に出てくれた。

「朝からごめん。今、太一んちの近く。っていうか、駅」

『お、奇遇。俺も今駅前』

知ってるよ、と思いつつ、みちかは尋ねる。

「家、行っていい？」

『いいよ。合流しよう』

改札のある階から階段を下り、駅舎を出たところに太一がいた。片手をあげる太一に歩み寄る。

「どうした……って、もしかして、みちかさっき改札んとこ、いた？」

みちかは苦笑いして答える。

「いやあ、見てしまいました。申し訳ない」

「含みのある言い方すんなよ。誤解ないように言うけど、ちょっと前まで他にも何人かいたから。飲んでて終電逃した面子《メンツ》でカラオケ行ってたんだよ」

太一は困ったような笑顔で説明する。

「太一、カラオケ行っても全然歌わないじゃん」

「付き合いで行っただけだからな。飲み放題でうっすいカクテル、一晩中飲んでた。胃がたぷたぷだよ」

問い詰めたいわけじゃないし、言い訳させたいわけでもない。この胸にあるもやついた感情は、今この時点では上手《うま》く説明できないものだった。

「とりあえず、お邪魔していい？　夕方のバイトまで」

「俺、昼には学校行くけど、それでいいなら」

「うん。あ、これお土産」

みちかは太一にビニール袋に入った枇杷を手渡した。太一が中を見て嬉しそうな顔をする。

「枇杷じゃん。俺、これ大好き。ばあちゃんちに木があってさ」

「ホント？　よかった」

みちかはへらっと笑った。

「私も枇杷、大好き」


太一の部屋はいつもと何ら変わらず、さっきまで誰かといたような様子はなかった。やはりカラオケにみんなでいたというのは本当のことのようだ。そこまで考えて、自分は太一のなんなんだろうと、漠然と思った。今感じているのは嫉妬ではない。しかし、不安になるような寂しさを覚える。

ふたりで枇杷を食べた。枇杷は実が小さく、種が多い。だけど瑞々《みずみず》しくてとても甘かった。

「さっきの子さぁ」

みちかは世間話として口にする。

「やっぱり太一のこと好きみたいに見えたなあ」

「実際、告白されたよ。先週」

あっさりと言われ、みちかは「え？」と驚いて顔をあげる。食べかけの枇杷がテーブルに落ち、はずみで種がカツンとテーブルを跳ねた。

「断ったけどね」

ティッシュペーパーをみちかに手渡しながら、太一は笑った。どことなく寂しげな笑顔だった。

「それはそれは、もったいないこと、したね」

「なぁ、ホントもったいないよ」

全然もったいないなんて思っていなそうな口調で、太一は言う。

「やっぱ、まだな。こんな気持ちで、誰かを特別には見られない」

太一の言葉は、自分自身に言い聞かせているように聞こえた。みちかは自分の内側のささくれだった部分が、なめらかになり消えていくのを感じる。もう、嫌な感触はしない。

「みちか、俺は昼まで寝るけど、おまえどうする?」

「私も寝る」

「オッケ」

太一と話したら少し眠気が戻ってきた気がした。太一が押入れから布団を一組出してきて、ベッドの横に敷いた。大学時代、みちかと空人が泊まっていくことがたまにあったので、この部屋には余分に布団が二組あるのだ。

枇杷の皮や種を片付け、太一がふたり分のお茶を淹《い》れてくれた。それをひと口飲んで、布団にぽすんと転がった。狭い部屋だ。視界にはローテーブルの脚と太一の膝。布団を三組敷くときは、このローテーブルも片付けるんだったなあと、なんとなく思いだす。

「ところで、みちかはどうした？　早朝からうちに来る理由があったんだろ？」

太一が優しい口調で尋ねるので、みちかは、ふふ、と笑って答えた。

「親と喧嘩《けんか》っすわ」

「はは、実家暮らしあるある。うちは避難場所か」

「顔見たり、話したり、全部が嫌になるときって、あるでしょ。同じ空間にいたくないっていうか」

「わかるよ」

本当にわかるのか知らないが、太一は共感してくれる。それから、犬の毛並みを撫《な》でるように、みちかの頭を撫でてきた。重たくて温かい太一の手。優しい感触にみちかは目をつむった。少し涙が出そうだった。

「うちでよければ好きなだけ使えよ」

「ありがと」

この感情は恋ではない。

ただ太一だけが仲間だ。みちかにはそう感じられた。空人の死を受け入れられないのに、その事実にしがみついて、どうにか立っている。この世でたったふたりの異邦人が自分たちだ。

「俺、シャワー浴びる。先に寝てな」

太一がみちかの頭をぽんぽんと軽く叩《たた》き、立ち上がった。

気がつくとスマホのアラームが鳴っていた。身体を起こして時刻を見れば、十六時。太一は部屋にいない。大学に行ったようだ。みちかは支度をし、テーブルに残されていた合鍵を持って、バイト先へ向かった。

二十二時まで勤務し、自宅ではなく電車で太一の部屋に戻る。勝手知ったると言わんばかりに鍵でドアを開けると、太一の「おかえり」という声が奥から聞こえてきた。みちかが戻ってくることは、想定済みだったらしい。

「飲む？」

土産というより、居候させてもらう礼として、缶ビールをローテーブルに並べた。

「おお、もらう。俺、メシ食っちゃったけど」

「私も上がりのタイミングで廃棄の食パン焼いて食べたわ」

「それってアリなの？」

「なし。マネージャーには内緒」

みちかはいそいそと買い足してきたルームウェアを取り出す。さすがに見せないが、下着なども購入した。しばらく太一の家に居座るつもりだ。その様子に、太一は苦笑いをした。

「冷蔵庫とかシャワーとか、適当に使えよ」

「そうさせてもらう」

太一といるとラクだ。それは、大学時代から変わっていない。けして恋愛になり得ないからこそ、心地よい関係がある。同時に思う。自分たちの間に横たわる空人の死という事象がなかったら、今、これほど密接に傍《そば》にいるだろうか。大人という括《くく》りの中で、それぞれ程よい距離感を保っていたのではないだろうか。

「太一」

シャワーを借り、新しいルームウェアに袖を通すと、みちかは濡《ぬ》れた髪のまま太一の隣に座った。冷蔵庫から持ってきた缶ビールのプルタブを起こす。窓は開いていて、心地よい初夏の夜風が室内に入ってきた。みちかは目を細める。わずかに言い淀《よど》んでから、言葉にした。

「……もう、空人のこと、調べるのやめようか」

PCでレポートを書いていた太一が顔だけこちらを向ける。

「文句があるなら化けて出てこい、の精神で調べるんじゃなかったっけ」

「そのつもりだったんだけどね」

みちかが覚えた脱力感は、おそらく太一の中にもあるのではないだろうか。生前の空人について、勤め先で尋ね、弟の陸から空人の遺品をもらった。それは先週の話だ。しかし、そこから太一もみちかも動く気力を失っていた。一時的なものなのか、そうでないのかもわからない。

「調べたいって欲求自体が自己満足だからかな。少し頭を冷やしたら、考えちゃった。これ以上、嫌な情報を耳に入れたくないって」

みちかは缶ビールを手で包み、うつむいた。

「私たちの知ってる空人と、他の人が語る空人。全然違う」

「俺たちは、ある意味で空人を妄信していたのかもな。それは、あいつがそう見せたかったのかもしれないし、俺とみちかがあいつのことを好きだったからかもしれない」

「……ダサイこと言うね。疲れた。もう、全部おしまいにしたい」

それは言葉のままの意味だった。深い意味なんてなく、みちかはただただ聞きたくない情報を受け入れられないだけだった。しかし、顔をあげて、太一の驚いたような、切ないような表情を目にし、心臓が跳ねた。

「変な意味じゃないから」

咄嗟にそう言わなければならないと思った。太一を不安にさせてしまった。

「ああ、……わかるよ。普通に色々あって疲れたよな」

太一は眉を下げ、自分自身を納得させるかのように何度か頷《うなず》いた。

「ごめん、ここからは俺のエゴ。空人がどういう人間だったのかっていうのは、わかってきた。俺たちに見せていた顔とは違う顔があったってこと」

空人は家族と不仲だった。空人は他人を陥れる人間だった。空人は傲慢で職場で孤立していた。どれも、こうして調べなければわからなかったことだ。

「だけど、まだわからない。どうして心中してしまったのか」

心中。はた、とみちかは止まった。今更だが、その言葉が重々しく響いた。空人はひとりで死んだのではない。交際していた恋人と死んだのだ。

「考えてみたら、空人の彼女については何も調べてなかったね」

「確かにそうだな」

太一も表情を変えた。みちかが続ける。

「彼女、アンさん？　あの子にも、死にたくなるようなことがあったのかな」

「もしくは死を選んだ理由が、ふたりの関係性の中にあったとか」

みちかも太一もしばし黙った。やがて太一が言った。

「みちか、もう少しだけ付き合ってくれないか。名和アンについて調べたい。俺はこのままじゃ苦しい」

嫌な情報を聞きたくない。ここですべてを終わらせても、誰も文句は言わない。それでも、唯一の同志である太一に言われれば、立ち止まってはいけないように思える。ここまで空人のことを暴いてしまった責任のような気持ちもある。

「ふたりがどうして死ななければならなかったのか、俺は知りたい」

「……わかった。私も一緒に調べるよ」

みちかは答えて、ぬるくなった缶ビールをいっきに飲み干した。

翌日、みちかはランチタイムの勤務だった。太一は朝から夕方まで学校にいる。それぞれ用事を済ませた後、池袋で待ち合わせることにした。名和アンの元勤務先が池袋の駅ビルにあるのだ。

先に池袋に到着し、コーヒーとサンドイッチで休憩を取る。目的地はアパレルブランドのテナント店だ。ブランドの名前は空人から聞いたのを覚えていた。どこの店舗に勤務していたかは報道されていたようで、ネットニュースで調べたら、すぐにわかった。節操がなく憶測だらけの報道は見ないようにしてきた。しかし、こうして欲しい情報をそこから得ているのだから皮肉なものである。

空人とアンの心中事件から一ヶ月と少し。当初は異様な心中事件と騒ぎ立てたマスコミの報道も落ち着いてきている。小指を切り落とし、飲み込むという猟奇的な心中も、事件性がなければ悦に入った恋人たちの勝手な自殺だ。いずれ完全に終息してしまうのだろう。警察は依然捜査を継続しているようだが、進展などは情報として聞こえてこない。

名和アンは、みちかの目から見て理想的な女の子だった。愛らしい顔立ちと、女性的なスタイル。控えめで礼儀正しい女子だった。空人と並んでもまったく見劣りしない。美男美女のカップルだった。

みちかの心には、やはりアンに対する行き場のない嫉妬の念が消えずに残っている。この感情は生前からあり、熾火《おきび》のようにいまだ燻《くすぶ》っていた。さらに空人を道連れに死んでしまった彼女には、今は嫉妬だけではなく憎しみすら覚えている。

あなたは空人を手に入れたじゃない。あなたは空人の特別だったじゃない。

それなのにどうして、空人を連れて行ってしまったの?

私たちの手の届かないところへ、奪ってしまったの?

何度でも恨みが湧き上がってくる。ずるい、許せないという感情。もし、空人が現実に苦しむ出来事があったとして、恋人の彼女なら救えたかもしれないのだ。ともに死を選ぶ前にできることがあったのではないだろうか。

そこまで考えて、ぐるぐる回る思考を止めた。やめよう。堂々巡りだ。嫉妬に振り回され、事実を知らないまま憎んでも仕方ない。空人にすら、みちかたちの知らない姿があったのだ。よく知らない彼女のことを悪者にするのは早計だ。

太一が駅に到着し、合流したふたりは早速店舗に向かった。メンズ、レディースともに扱う国内有数のアパレルメーカーである。デパートのフロア面積を考えると、かなりスペースを取っている。彼女の就職先は、空人に負けないくらい大きな企業だとみちかは思った。大手メーカーは業種問わずいくつか受けたけれど、すべて落ちてしまったなと、余計なことまで思いだしてしまった。

「事情を知っていそうな店員に話しかけてみよう」

提案するものの、太一はさすがに迷った顔をしている。店舗まで来ておいて、尋ねるべき相手が皆目見当もつかない。空人の同僚のときも思ったが、やたらと話しかけたら不審者だ。マスコミの取材と勘違いされるかもしれない。

「太一、私がやるよ」

みちかは太一を制して請け負った。おそらく女の自分の方がスムーズだろう。

「すみません」

ひとりの女性店員に声をかけた。若い女性だが、先ほど男性店員に指示をしているのを見かけた。社員かもしれない。

「はい、何かお探しですか？」

「あの、急に申し訳ありません。私、香野と言います。亡くなった名和さんと同じ大学で、ひとつ上の学年だった者なんですが」

女性店員が口をつぐんだ。笑顔が貼りついたような硬いものに変わっている。この対応は想像がついていたので、みちかは殊更眉根を寄せ、悲しそうな顔をした。

「アンちゃんのこと、先日知ったんです。私が、少し日本を離れている間で。……お葬式もお身内で済ませられたと聞きました。……、最後のお別れもできなかったものでで」

泣き真似《まね》というほど、わかりやすくはしていない。しかし、みちかは沈痛な表情で涙を堪《こら》える素振りを見せる。

「こちらのお店に配属されたと本人から教えてもらっていて、そのうち買いに行くから接客してね、なんてやりとりをしていたんです。それで……今日は」

うつむくみちかの横に、太一が並んだ。まるで恋人のようにみちかの頭を腕で抱え、女性店員に言った。

「すみません、こんなことを言われても困りますよね。こいつ、アンちゃんと本当に仲が良くて……。アンちゃんがどんなふうに仕事をしていたか知りたいって言いまして」

「まあ、そうだったんですね」

人の好《よ》さそうな女性店員は口元を押さえ、二、三度頷いた。

「私が一応、店舗での指導係だったんです」

人の少ない通路まで移動し、彼女は話をしてくれた。

「と、言っても、店舗配属からほんの十日ほどであの事件だったので、あまり親しくはなれなかったんですが。名和さん、とても頑張り屋でしたよ」

おそらくアンの先輩を名乗るみちかに、せめてものようすがとして印象のいい話をしてくれているのだろう。

「アパレル業界で働くのが夢だったと話していましたが、なんでも吸収しようと貪欲に学んでくれるので、教えている方は嬉しかったです。接客もナチュラルで好感が持てました。笑顔が可愛らしくて、礼儀正しくて。池袋店は忙しい店舗なので、良い新人がきたって私たちは喜んでいたんですよ。だから、すごく残念です」

故人の知り合い相手だ。多少話は盛っているかもしれないが、この女性がアンに不快な感情を持っていなかったことは感じられた。

「何か悩んでいるような感じはなかったんですよね」

「ええ、私が見る限り、明るく意欲的な子でした。いったい、なぜあんなことになってしまったんでしょうね」

無駄足だったかもしれない。女性店員のやるせない面持《おもも》ちを眺めながら、みちかは思う。多くの情報は出てきそうもないので、礼を言い頭を下げようとした。すると、女性店員が思いだしたように口を開いた。

「そうそう、彼女、左の小指にピンキーリングはめてたじゃないですか」

「ピンキーリング？」

「ええ。うち、結婚指輪以外はアクセサリー禁止なんですけど、それも注意したらすぐにはずしてくれました。すみません、って頭を下げて。結構嫌な顔をする子も多いので、名和さんは素直な良い子だなあって。印象深かったもので」

みちかは悲しい顔のまま答えた。

「はい、本当に良い子だったんです。アンちゃんが良い職場に恵まれて、お仕事を頑張っていたと知れて嬉しいです。ありがとうございました」

女性店員に挨拶をし、ふたりで恋人同士らしく寄り添って店舗を出た。エスカレーターの手前で、太一が抱いていたみちかの肩を解放する。

「演技派」

「どっちが。いい彼氏すぎでしょ」

「褒めるな、褒めるな」

嘘《うそ》をつき、女性店員にも故人であるアンにも悪いことをしてしまった。事情を知るためとはいえ、後味が悪いので、今後こういうことはしたくない。

「さて、情報を整理する……というか、大きな情報はなかったな」

「うん、配属されたてってこともあったのか、職場でトラブルはなさそうだったね」

「空人とは違ってな」

太一の言う通りだ。空人のように望まない環境に陥っていたわけではなさそうだ。

もちろん、表面上だけなのかもしれないが。ふたりは、駅の改札階のある地下一階でエスカレーターを降りる。スイーツ売り場を抜け、駅に出た。

「名和アンの家族に話を聞いてみるか」

「でも、家の住所も家族構成も知らないよ」

ふと、空人の弟である陸の顔が浮かぶ。彼なら情報を持っているだろうか。空人の親は、アンの家族に見舞金を払ったと、彼は言っていた。連絡先を把握しているかもしれない。

すると太一がスマホを取り出して、みちかに画面を見せた。

「調べてある。ゼミ仲間の彼女が、名和の友達なんだ。葬儀にも行ったたって」

「太一、有能」

「だろう」

少しだけ得意げに答えてから、太一はあらためて表情を引き締めた。

「その子経由の情報。名和の妹は地元市役所の職員らしい。そこから接触してみるのはどうだ？」

「いい手じゃない？　空人のときもそうだったけど、きょうだいの方がご両親より話しやすいと思う。亡くなる直前の名和さんの様子、聞けるかも」

「決まり。明日、俺は休み。論文の目途も立ってるし、教授もいない。みちかは？」

「私も休み。ちょうどいいじゃん。明日行ってみようよ」

そう決まると、少し気がラクになった。ふたりは池袋駅から出て、夕食を取ることにした。直接空人のことを調べていないからだろうか。今までと比べて、心はまだ軽い。それとも、ショックなことを立て続けに聞いて心が麻痺《まひ》し始めているのだろうか。

「みちか、しばらくうちだろ？　親御さんに連絡したか？」

太一が振り向いて、気遣った声で言う。みちかは曖昧な笑顔になった。

「お姉ちゃんからスマホにメッセージきてた。母親が連絡したんだと思う。『友達のところにいる』って伝えてもらったから大丈夫」

「お姉さん、主婦だっけ。仲いいのか？」

「どうだろね」

みちかは自嘲気味に笑った。

「空人と陸くんほどじゃないけど、案外世の中の兄弟姉妹って微妙な関係だと思うよ」

「うちは弟も妹も年離れてるから、みちかや空人のきょうだいの感覚とは違うのかもしれないけど」

太一は少し考えるように視線をさまよわせたあと、言った。

「俺は、あいつらがいてくれて助かってるな。ほら、俺は親に孫の顔見せられないかもしれないだろ？」

太一の性的指向を考えれば、その可能性もあるだろう。しかし、太一はそういった先のことまで気にしていたのだなとみちかは感心した。孫の顔、それはまだ考えたことがなかった、とも。

「それは、私もだよ。恋愛対象云々《うんぬん》の前に結婚できないかもしれないじゃない。そういう意味では、子どもを産んでくれたお姉ちゃんに感謝なのかな」

「口にしなくても、親は子に色々と期待してるからなあ」

姉ばかり、と思ってきた。しかし、姉が防波堤の役目をしていたからこそ、みちかは多感な時期に親の圧力から逃れることができたともいえる。

「結果、きょうだいっていいものも悪いものも分け合ってるんだろうな。学費とか、親の期待とか、プレッシャーとか」

「半分に折るアイスとかね」

「なんだそりゃ」

太一が笑う。

駅から少し歩いたところにあるラーメン屋の行列にふたりで並んだ。蒸す夜だ。ラーメンを食べたら、きっと汗が噴き出るだろう。太一が差し出したボディシートで首筋を拭い、みちかは待ち遠しく行列の先頭を見やった。

翌日、午前中にふたりは部屋を出た。東京都下西多摩《にしたま》が目的地である。太一の最寄り駅は大学のある駅なので、アンが通学していた経路をたどる格好だ。私鉄からJRに乗り換え、さらにもう一回乗り換え。約一時間半の道程だ。

空人の自宅とは正反対の方面である。実家暮らしだったふたりは、どうやって一緒に帰っていたのだろう。どこで待ち合わせてデートしていたのだろう。みちかは考えてみたけれど、あまり楽しい想像ではないのですぐにやめた。

市役所は駅から歩ける距離にあった。そびえ立つ近代的で巨大な庁舎を見上げ、ふたりはぽかんと口を開けた。

「想像していたより大きくて綺麗《きれい》な建物だね」

「どれだけ職員が働いてるんだろう。見つかるかな。名和の妹」

「手がかりはないの？」

太一がスマホを取り出して見せる。

「ええと、市民課か課税課だった気がするって情報にはあるな。それも去年の話だから、今現在はどうかわからない」

アンの妹については、顔も名前もわからない。今まで足を延ばしてきた中で、一番不確かな状態でやってきてしまった。割と慎重に動いてきたが、今回は勢いが先行していたように思う。

「無駄足にはしたくないよね。とりあえず、探してみよう」

「そうだな。まず、一階の市民課に行ってみるか」

平日の昼前、市役所は混雑していた。市民課は、証明書の発行や届け出の窓口なのでいっそう混み合い、待合の椅子はほぼ埋まっている。ふたりは証明書の書き方や、ポスターを眺める振りをしながらカウンターの中をちらちら眺めた。窓口は三つ。職員が交代で対応しているようだ。

若い女性職員は見る限り六人ほど。しかし、年齢まではわからない。ひとり、横顔が一際若いショートカットの女性がいる。名和アンの妹なら、まだ二十代前半か十代後半のはず。しかし、彼女はデスクに向かって仕事中だ。

他の職員に呼ばれ立ち上がったときに、首から下げたネームプレートが見えそうだったが、距離があって文字が読み取れない。疑わしく思えてきた。顔立ちはどことなく名和アンに似ている気もする。しかし、ショートカットとスレンダーで背の高い風貌は、アンとは重ならない。アンは背が低く、長いミルクティー色の髪の柔らかな雰囲気の女性だった。

「太一」

耳打ちするようにひそひそと声をかけると、太一がわずかに頷いた。ちょうど、別の職員と話し終えた彼女が、自分の席に戻るタイミングだ。

「すいませぇ～ん」

太一が馬鹿でかい声でカウンターの中に呼びかけた。空気の読めない利用者がきたと怪訝《けげん》そうな様子を隠さない職員たちの中から、一番若く、カウンターに近い位置にいた彼女が近づいてきた。

「恐れ入ります。こちらの番号札を取ってお待ちください。順番にお呼びいたしますので」

「あ、そうなんスね。すいません。初めてきたもんでぇ」

太一ははた迷惑な来庁者の体で、大きな声で謝ると、頭を下げ番号札を取りにいった。そして発券機の前を素通りし、ずんずんと庁舎のロビーを進んでいく。みちかもそれに追従した。確認できた。彼女が首から下げていたネームプレートには『名和エイミ』と書かれていた。

昼休みに外に出てくるのではないかと市役所の通用口を張り込んだ。しかし、市民課は昼休憩も交代制なのか、一向に姿を現さない。もし昼食を準備してきていれば、そもそも昼休みに外には出ないだろう。

一度諦め、昼食がてらチェーンのカフェに入った。ログハウス風の店内はかなり混み合っている。どうにか二人掛けの席に着き、大きなピザトーストをそれぞれ注文する。中に卵ペーストがたっぷり入っていて、タバスコがよく合う。食べきれなかったら、半分は太一に食べてもらおうかと思ったが、問題なく食べられそうだ。太一といると、男子の食事量に釣られるのかよく食べられる。考えてみれば、大学時代もそうだった。

「閉庁時刻まで時間をつぶして、帰りを狙おうよ」

「そうだな。こんなこともあろうかと暇つぶしを持って来ておいてよかった」

太一は学会発行の小冊子をばさばさとテーブルに積む。

「私、寝る」

片付けてもらったテーブルに突っ伏すと、太一が「腰痛くなるぞ」と言った。

熟睡できるわけはなく、何度かうとうとしているうちに太一に起こされた。あまり長居するのもよくないと、店を替え、再びコーヒーを飲む。そうしていると、閉庁時刻が近づいてきた。

市役所に戻り、裏手の職員通用口近く、つつじの茂みの陰に座った。枝葉の隙間《すきま》から通用口の出入りを確認する。帰宅していく職員を見送り続け、一時間ほど経《た》った。ふたりとも、名和エイミがここから出てくるか不安になっていた。もしかして、別に出入り口があり、そこから出て行ってしまったとか。午後早退などでとっくに庁舎内にいないとか。自分たちに決定的なミスがあったのではないかと焦るような気持ちを覚える。

さらに一時間以上が経ち、ようやく通用口から名和エイミが姿を現した。他に職員はいない。太一とみちかは迷うことなく、つつじの陰から飛び出した。

エイミが驚いた顔をした。おそらくは、今朝カウンターにきた太一の顔を覚えていたのだろう。変質者の待ち伏せと勘違いされる前に、太一が大きな声で、はっきりと言った。

「三木空人の友人です」

エイミが細い喉を鳴らすのが見て取れた。

「お姉さんのお話を聞きたいんです」

「少し離れたところでお話ししませんか」

名和エイミはそう言って、名乗ったばかりのみちかと太一を、自身の軽自動車に案内した。通用口の裏手には職員用の駐車場がある。

「地元なもので、何かと周りがうるさいんです」

車は国道を通り、彼女の地元から離れ、途中みちかたちが乗り換えをしたJRの駅近辺にやってくる。土地鑑はあるようで、彼女は車をファミレスの駐車場に入れた。

正直に言えば、みちかには違和感があった。彼女は陸の弟の陸すら、最初はこちらに懐疑的な態度だった。警戒した様子で、あまり喋らなかった。それなのに、名和エイミは、突然訪ねてきて待ち伏せしていた男女と話し合いを持とうとしている。不自然だ。何か理由があるのだろうか。

「ドリンクバーでいいですか？」

タブレットで注文する彼女に、太一が尋ねた。

「いきなり押しかけておいてなんですが、俺たちのことを不審に思ったりはしないんですか？　その、マスコミとか、そういう」

「空人くんのスマホでおふたりの写真を見たことがあります」

「え、あ」

「待ち受けにしてましたよ。三人で乾杯してるところ。親友だって」

思わぬ答えにふたりは黙った。空人が親友だと他人に説明してくれていたことは嬉しい。しかし、みちかは困惑していた。空人は恋人の妹にスマホの画面を見せたのか。そして、エイミの発する『空人くん』の響きに妙な親しさを感じたのは自分だけだろうか。

「さすがに朝お越しになったときは、気づきませんでしたけど。さっき、おふたりが空人くんの名前を出して、点と点が繋《つな》がったという感じです」

バーカウンターから飲み物を取って戻った。改めて向かい合う。

エイミはおとなびた女性だった。背が高くシャープな印象だ。アンより年下なのに、記憶の中の彼女より年上に見える。並んだら、どちらが姉かわからないだろう。高卒か短大卒で市役所に勤務しているのだろうか。

「両親のもとへは？」

「行っていません」

「よかった。父と母は、かなりショックを受けていて、あまり接触してほしくないんです」

エイミは言い、睫毛《まつげ》を伏せた。太一がうつむきがちに言う。

「アンさんのこと、残念です」

「私たち、直接話すような関係ではなかったので、空人を通じてしか知りませんが、可愛らしくて清楚《せいそ》で控えめな方だなって思っていました」

太一とみちかの言葉にエイミがうっすら微笑《ほほえ》んだ。

「妹から見たら、外面ばっかりの調子の良い姉でした。そんなふうに言ってもらえると嬉しいような困ったような」

エイミはグラスの氷を掻《か》き混ぜ、ふふと笑った。

「ああ、でも、仲はよかったですよ。化粧品や本は共用のものも多かったし、映画や食べ物の好みも同じだから一緒に出かけるのもしょっちゅうでした」

言葉を切ってエイミが窓の外を眺めた。

「こんな形でいなくなられるとは思わなかったなあ」

喪失の痛々しさに太一とみちかは黙る。仲が良かったというなら、まだつらいだろう。みちかは遠慮がちにエイミを見つめる。

「私たちも空人くんと仲が良かったので、寂しい気持ちがわかります。いえ、たったひとりのお姉さんなんだから、きっともっとつらいですよね」

「大事な人をふたりいっぺんに無くすって、人生でなかなか経験することじゃないですよね」

その言い回しに引っかかるものを感じたが、確認するより先に、エイミがこちらに顔を向けた。

「言ってしまおうかな。……私、空人くんと付き合ってたんですよ」

「え？」

突然の驚くべき告白に二の句が継げない。付き合っていた。あまりに急に投げつけられたもので、言葉の意味を理解するので精一杯だ。

「空人くん、姉と付き合いながら、裏でこっそり私とも会っていたんです」

どくんどくんと心臓が不快な音をたてている。空人は名和アンと同時に妹の名和エイミとも交際していた。あの空人が？　信じたくないが、少なくとも目の前の彼女はそう主張している。

「お姉さんは、そのことを？」

太一も驚いている様子ではあった。それでも、落ち着いた声音で尋ねる。

「姉は最後まで知らなかったと思います。……空人くん、見栄っ張りだから、自分の悪いところは隠していたはずですよ。たぶん。私が原因で心中したってことはないでしょう」

エイミは目を細める。その静かな表情は、いまだ微笑んでいるようにも見えた。先ほどの喪失の寂しさは、まだ彼女の白い面《おもて》にあるのに、上回るのは空人の恋人であった自負。

「姉はああ見えてしたたかで依存心の強い女でした。空人くんの就職が決まったあたりから、結婚アピールがすごかったんです。逃すまいって圧が空人くんには重かったんじゃないでしょうか。私に相談をしてきて、そこからずるずるとって感じです」

さばけた口調で、エイミは言う。みちかはエイミの言葉を受け止めきれずにいた。

彼女の言う通りなら、かなり前から、空人は二股をかけていたことになる。あんなにアンと仲良さそうにしていたのに。その妹とも関係を持っていたなんて。気持ち悪い。空人はそんなことしないはずなのに。

「あの、空人を、お姉さんから奪おうみたいなことは考えなかったの？」

「私は別に二番手でもよかったですよ。だって、姉妹間で略奪愛なんて、禍根が残るに決まってるじゃないですか。絶対に幸せになれない。それに、空人くん、姉には話さないようなことも、私には言ってくれてましたし。そこは優越感ありましたね」

「たとえば、空人はどんな話をしてたんですか？」

太一が口を挟む。

「仕事の愚痴……って言っても、上司や同僚がムカつくっていう程度ですけどね。あとは、姉の愚痴です。重いとか、話が合わないとか。私は都合のいい逃避場所だったんでしょうね」

太一とみちかにも話さなかったことを浮気相手の名和エイミには話していたようだ。そのことにもみちかの胸はちくちくと痛む。

「入社したばっかりで必死なときに、早くお嫁さんにしてアピールするうちの姉が浅はかだったんです。そりゃ、空人くんも嫌になりますよ。そういう無邪気で天真爛漫《てんしんらんまん》なところも私でしょ、的な人でしたけど」

「実は、あんまりお姉さんと仲が良くなかったのかな？」

「仲は本当に普通の姉妹って感じですよ。でも、キャラは合わなかったなあって思います。男受けの良さそうな服に髪型、甘えた態度に媚《こ》びた笑顔。姉は昔からああで」

エイミの微笑みはすでに過去を懐かしむようなものだった。彼女の中で、姉の死はもう消費され尽くしたことなのだろうか。しかし、次の瞬間わずかに表情に変化があった。睫毛の下から暗く沈鬱《ちんうつ》な瞳が覗《のぞ》く。

「私たち、別の人を好きになれてたら、何も問題はなかったのに」

その言い方に、やはり姉妹間に〝問題〟はあったのだとみちかは感じた。少なくとも、エイミの方には。当たり前だ。同じ人を好きになって、一方的に分け合っていたのだから。

エイミがすっと背筋を伸ばし、顔をあげた。

「空人くんって割と公明正大なことが好きだったんですよね」

不意にエイミの言葉が、アンのことから空人のことへ移った。

「私は空人くんに会った時から、いいなって思ってましたけど、最初に誘ってきたのは空人くんからでした。相談があるって呼びだされて、彼女と上手くいっていない、本音を話せるのはきみだけだなんて、よくある言葉で口説《くど》いてきました。表向き、彼女思いの好青年。裏ではその妹と浮気。彼の性格からしたら、矛盾だらけで自分を許せなくなっても不思議じゃないですよね」

山井を部活から追い出した空人、会社で自分の非を認めなかった空人。それらはまだ自身を正当化できたかもしれない。でも、浮気はどう考えても正当化できることではないだろう。エイミの語る空人はひとりの卑怯《ひきょう》な男。彼女がよく空人を見つめていたことが感じられた。

「確かに、俺たちのイメージでも空人は真っ当な人間でした。明るく陽気で、進んでリーダーシップを取る男でした」

太一が低く答えた。声音から感情は読めない。

「でも俺は、自分の都合で、エイミさんとアンさんのどちらも裏切るようなことをしていたなら、空人にがっかりしたという気持ちです」

エイミが口元を緩め、笑った。

「私は、そんな弱くてずるい彼が好きだったんで、いいんです。空人くんは、大事な人ほど、その人の前では格好をつけて、自分をよく見せたかったんでしょうね。だから、姉にはいつも最高の彼氏だったと思います。そして、彼が心中相手に選んだのは私でなくて姉だった」

その口調で、エイミが優越感を持ちながらも決定的に傷ついていることが伝わってきた。空人が連れていきたかったのはアンだったのだから。

「おふたりに話したのは、単純に罪悪感からです。この世に私と空人くんの関係を知っている人間はもう私だけ。誰かに言って、自分が最低だったって自覚したかったのかも」

「俺たちはうってつけの相手だった?」

太一が力なく苦笑いする。エイミも苦笑した。

「ええ、だってもうお会いすることもないでしょうし。……でも、ひとつだけ」

エイミが声をひそめるように言った。

「姉の死については、どうしても納得がいかないんです」

どくんとみちかの心臓が大きく拍動する。聞きたかった部分かもしれない。みちかと太一は、固唾《かたず》を呑《の》んでエイミを見つめた。

「あの日、姉は普通の旅行の様子で出かけました。北陸だから美味《おい》しいお刺身が食べられるって。お土産を買ってくるねって、本当にいつもの調子で出かけたんです」

「悩んでいるような素振りもなかったの？」

「何も。元から思い悩むタイプではないんです。面倒なことからはさっさと逃げ出してしまうような人でした。もし、私と空人くんの関係を知ったら激怒はするでしょうけど、殺すとか死ぬなんて発想にはならないと思うんです。遺書も残っていないので、どうして自殺するほど追い詰められていたのか、まったくわからなくて」

自分たちだけではなかった。ふたりの死に違和感を覚えている人間がいる。みちかにはそれが心強いような、急《せ》かされるような妙な気持ちになった。

「私たちも、そのあたりが気になって、空人に何があったかを調べていたんです」

みちかの言葉に続けて太一が言った。

「職場でうまくいっていなかった。……わかったのはこのくらいだけどね。エイミさんの方で他に気になることはありましたか？」

「……あの、小指のこと」

エイミが一瞬言い淀んで、言った。

「空人くんの胃から姉の小指が見つかったのはご存じですよね。そこにタトゥーがなかったんです」

エイミの言葉に、太一とみちかは顔を見合わせた。

「アンさんは、タトゥーを入れていたんですか？　小指に」

「ええ。細いリング状のタトゥーを左手の小指に入れていました」

「薬指じゃなくて？」

「左手のピンキーリングは願いが叶《かな》うという意味があるそうです。そこに消えないリングを彫ったと。結婚の約束に」

みちかは見たことのないアンの小指を想像して慄然《りつぜん》とした。おそらく小指を選んだのには、別の意味がある。

「あとは、早く薬指に本物の指輪をちょうだいね、って意味だと姉本人が言っていました。職場では上からプラチナのピンキーリングをするから大丈夫って」

アンは空人と指切りをしただろうか。何度かはしたに違いない。彼女はそのとき、空人に合わせて左手を差し出したのではないか。空人の目に映るところに、結婚の約束をちらつかせていた彼女の執念は、思いのほか強い。

「姉の遺体、上半身の損傷が結構ひどくて、私も母も確認していないんです。父は見ましたが、顔では判別できなくて歯の治療痕とＤＮＡで鑑定しました」

断崖から落ちた遺体だ。空人の遺体にも損傷はあったはずだが、棺《ひつぎ》から見えた顔周りは、綺麗に残っていた。

「遺体も小指も、姉のものだと確認できているんです。だけど、どうしてタトゥーがなかったのか。もしかして、何かの間違いで、姉は生きているんじゃないか……そんなことを考えてしまいます」

エイミは言ってから、ふっと自嘲的に笑った。

「なんて、ミステリーみたいなことあるわけないとはわかってるんですけど」

「俺たちも同じような気持ちでしたよ」

太一が答え、ため息のような声でエイミが言う。

「生きてるうちに、空人くんとのことバラしてやればよかったって、今は思います。

姉をだましたまま逝かせてしまったことだけが心残りで」

「バラしたら修羅場だったかも」

みちかが苦笑いで言うと、エイミもふっと疲れたように笑った。ここ最近の太一の笑顔に似ていた。きっと今の自分の笑顔とも似ているだろう。

「姉と殴り合いの喧嘩でもしておけばよかったんです。こんなことになるなら」

「急にいなくなられたら、できなかったことばかり数えてしまいますね」

太一がそう言って、三人はそろって黙りこくった。空人とアンは心中した。死は当人たちには救いなのかもしれない。しかし、残されたものの心は、行き場を探す。見つからない答えを探す。

名和エイミはやはり姉の死を昇華できてなんていない。気が合わなくとも、ひとりの男を奪い合う仲でも、それでも姉は姉なのだろう。

何か知ることができたら連絡する。そうエイミと約束し、みちかと太一は帰路についた。

「アンさん？　思ってた印象と違ったね」

帰りの電車。みちかは背もたれに寄りかかり、呟《つぶや》いた。太一も同意するように嘆息した。

「エイミさんの話では清楚で大人しい子じゃなくて、調子のいいタイプだったんだな。案外、俺たちに関わってこなかったのも、面倒くさかっただけなのかも。でも、まあ普通だよな。彼氏の友達なんて邪魔だろうし。女の子ってそういうもんだろ」

「タトゥーで圧かけてた話はちょっと怖かったけどね」

みちかは自分の口調に険があることを感じていた。

「彼女さあ、空人との指切りを意識してタトゥーを入れたんでしょ。結婚の約束を忘れさせせないために」

「俺も思った」

太一が深く息をついて言った。

「名和が空人の浮気に気づいていたかはわからないけど、ふたりの間でなんらかのトラブルになった可能性は高そうだ」

「それだと、本人たちにしかわからないよね。調べる術《すべ》がない」

みちかの言葉に太一が頷く。

「だけどさ、名和の職場の人、タトゥーのこと言ってなかったよな」

「ピンキーリングのことは言ってたけど。接客でしょ？　タトゥーなんてあったら、リング以上に色々言われちゃうんじゃないかな。本当にタトゥーなんかいれてたのかな」

「エイミさんは直接見てるんだろ？　そのタトゥーを」

ふたりはしばし黙る。どうもタトゥーの件については不明瞭だ。女性店員が見落としていたなんてことはあるだろうか。そもそも本物のタトゥーではなくシールだったとか……。

「二番手でもいい、かあ」

ふと、口をついて出た。タトゥーについて考えていたら、空人を好きだった姉妹の顔が交互に浮かんだ。エイミは二番手でも、空人の一瞬を手に入れたのだ。その点は少しだけ妬ましい。

「みちかが望んでも、空人はしてくれなかっただろうな、二番手には」

「なんとなく、それは感じる。私も」

エイミ自身も言っていた。彼女は空人の逃避場所。都合の良い相手。恋人の妹を選ぶとは、目先の快楽しか考えていないし、卑怯だ。

考えるほどに、空人の不貞の事実が伸《の》し掛かる。親友が欲求を優先する男だったことに生理的に不快感を覚える。表向きの爽やかな顔とまるで違うだらしなさは、気持ちが悪い。

みちかの好きだった空人は、みちかのものにはならなかった。それでも恋人に一途《いちず》で彼女と死を選ぶほど入れ込んでいた。そのはずだった。自分は空人の何を見てきたのだろう。もう何度目かの無力感が、重たく身体を包む。

「私、明日の仕事、モーニングタイムなの。四時起き」

「始発ないじゃん」

「太一の自転車貸して」

「いいよ」

「少し眠っていい？」

「ああ。乗り換えで起こす」

みちかは目を覆い、背中を座席に深く沈み込ませた。

第六章

空人の夢を見た。太一と三人でいた。

『太一ってそういうとこあるよな。俺、知ってる』

空人がしたり顔で言い、太一が笑って反論する。

『そんなことねえよ。な、みちか』

『みちか、正直に言ってやれ』

みちかにはそれがなんの話なのかわからない。自分が夢の中にいる感触だけははっきりしていて、頭の片隅で現実ではないと感じている。これは夢。過去にあったかもしれないワンシーンを、あたかも映画のように再生しているだけ。

しかし、そうだとしてもなんて幸福なのだろう。

空人がいて、太一がいて、自分がいる。笑い合える距離にいる。手を伸ばせば触れられる距離にいる。

毎日隣にいることが当たり前だった。三人でいれば無敵だった。何も怖くなかった。これほどの親愛と絆《きずな》を、他に知らない。もし叶《かな》うなら、この先も三人で家族みたいに生きていきたい。年を取って誰かが先に死んでも、家族ならずっと一緒だ。誰かに引き裂ける絆ではない。

もっと早くこうした関係にたどり着きたかった。恋や愛なんてもろい形に執着しなければ、きっと幸福だったのに。未練がましく空人を見つめている自分が虚《むな》しい。

みちかの胸にはいまだ殺せない〝恋〟が根を下ろしている。心底望んだ関係は、やはり空人の恋人だった。たったひとり、唯一無二。死ぬなら連れていってもらえる恋人。……夢の中ですら手に入らない。

家族、恋人。二律背反はずっと内側で渦を巻いている。空人が死んだ後もなお。

『なあ、みちかってば』

空人が呼ぶ。懐かしくて慕わしくて、もう二度と聞けない愛《いと》しい声。

夢の中だけでも聞けてよかった。みちかは泣きそうな気持ちで、そう思った。

明け方、暗い部屋で目覚めたときの絶望は、言葉に尽くせないほどだったけれど。

雨が何日か続き、みちかは通勤に難儀した。深夜や早朝の勤務は、電車の動いていない時間なので、太一の自転車を借りている。雨の中、三十分ほど自転車を漕《こ》いでバイト先に向かうのだが、上下セパレートのレインコートを着込まないと、自転車など漕げたものではない。雨で視界の悪い夜道を心配し、太一が反射材を袖や背面にべたべた張り付けるので、見た目はかなり格好悪く恥ずかしい。安全には代えられないと言われればその通りである。こちらは自転車を借りている身だ。

ようやく晴れ間が見えた日は、ランチタイムの勤務だったので、電車で通勤した。十六時に上がり、当然のように太一の家を目指す。湿度は高いが心地よい風が吹き、久しぶりの太陽はまだ高い位置にあった。日が長くなった。もう何度か雨をやり過ごせば、夏がくる。

頼まれた食材を駅前のスーパーで買い、太一の部屋に戻った。居候生活ももう十日である。母がいない時間帯を見計らい、家に立ちより私物を持ってきたので、いっそう生活しやすくなった。太一の部屋の一角、畳んだ布団を積んであるあたりがみちかのスペースで、私物はボストンバッグひとつで管理している。

室内に一歩踏み入れると、こもっていた空気でむわっとした。季節的に冷房をかけるにはまだ早いので、窓を開け放ち、キッチンの小窓も開ける。１Ｋの部屋を風が通り抜けた。みちかは気持ちよく伸びをする。

米を炊き、中華スープを作った。畳んだ布団を背もたれに、スマホで漫画を読んでいると、太一が帰宅した。

「ただいまぁ、唐揚げ作るぞ。手伝え」

「あいよ」

みちかはスマホを投げ出し、飛び起きた。今日は唐揚げにしようと、朝に約束していたのだ。

鶏《とり》もも肉を太一の指示で切る。太一が漬け込むタレとまぶす粉の準備をする。大学の頃、何度かこの部屋で作った太一の実家のレシピだ。

「『唐揚げを腹いっぱい食いたい』って言いだしたの、空人だよね」

みちかは、切った鶏肉を卵や生姜《しょうが》などで作った漬けダレ入りのビニール袋に入れる。口を結んでたぷたぷと揉《も》み込んだ。あたりににんにくと生姜のいい香りが漂う。

「そうそう。揚げたてをたくさん食べたいって。買ってきたのじゃ、帰るまでにべちゃべちゃになるから駄目。居酒屋で頼んだら高いから嫌。だから太一作って……って、あいつ結構我儘《わがまま》だった」

鍋に油を張りながら、太一が笑う。

「鶏肉買って集合って言ったら、みちかが胸肉買ってきてな。空人、『唐揚げなら鶏ももでしょ？　みちかわかってない！』ってすげえ文句言ってさ」

「我が家は胸肉なの、唐揚げって」

みちかもビニールを冷蔵庫にしまいながら笑う。懐かしいような、つい昨日のことのような。今日は思い出の唐揚げを作って、ふたりで食べるのだ。こうして唐揚げを作っていれば、ドアのチャイムが鳴り、空人がひょこっと顔を出すかもしれないと妙な期待をしてしまう。そんなことは起こり得ないというのに。

「もっと、我儘言ってくれてもよかったのにね、空人」

「そうだな」

我儘を聞きたかった。嫌な部分も見せてくれてよかった。空人の存在はみちかの心に焼きついているが、その空人が本物かも、もうわからない。

肉を漬け込んでいる間にふたりで大量のキャベツを千切りにした。レモンもくし形に切って丸々一個分用意する。揚げる係は太一が担当した。二度揚げし、大皿にキャベツと載せる。ごはんと中華スープをそれぞれよそい、ローテーブルを囲んで夕食にした。

「揚げ物したら、暑いな」

太一がTシャツの布地を引っ張りばさばさと空気を通している。室温自体が上がっている。みちかも汗をかいていた。

「冷房入れる？」

「まだ早いって」

「じゃ、我慢で」

代わりに缶チューハイで涼を取ることにした。

「やっぱ太一の唐揚げ、美味《おい》しいよ。お店開けるレベル」

「おう、ありがと。じゃ、将来は唐揚げ屋さんを目指すわ」

「冗談抜きで絶品だからね。素直に受け取って。うん、本当に美味しい」

みちかは感動の声を上げ、夢中で唐揚げを頬張った。太一も男らしい食欲で、ガッガッと唐揚げをたいらげていく。太一と食べる食事は美味しい。

「そういや、親御さんはいいのか？」

太一がチューハイを口に運んで尋ねる。

「俺はいつまでいてくれてもいいけど」

「それねえ」

みちかは苦笑いする。

「実は昨日、母親から電話があったんだけど、お友達の家に迷惑だーってうるさいから『彼氏の部屋だから問題ない』って言っちゃった」

太一がぶふっと吹きだし、次に声をあげて笑いだした。

「俺、みちかの彼氏になってる！　つうか、彼氏でも問題あるだろ。俺、ご両親に挨拶に行った方がいい？」

「勘弁して。巻き込んで悪かったわよ。でも、売り言葉に買い言葉って感じで出ちゃったんだもん。親は私に彼氏がいるなんて、考えたこともないだろうし。ちょっとぎょっとさせてやりたくて」

太一はまだ笑っている。みちかは眉間に皺《しわ》を寄せたままレモンをしぼり、唐揚げをぱくぱく口に運んだ。そんなに面白がられるとは思わなかったので、今更恥ずかしくなってきた。

太一と暮らしたこの十日は随分ラクだった。太一の隣だと息がしやすい。無理をしなくていい気もするし、安心する。恋とは別次元の世界がここにあって、太一の存在はもうひとりの自分といる感覚に近い。これは言い過ぎだろうか。

「みちかの気の済むまで、ここにいろよ」

太一の言葉に箸を止める。その言い方は、合わせてくれているだけのようで、少し寂しい。太一だって、いまはこちらの存在が必要なはずなのに。

唐揚げは少し残った。洗い物を終えてキッチンから戻ると、太一はひとりで新しいチューハイを開けていた。みちかは残りのチューハイを飲み干し、自分ももう一杯飲もうか逡巡《しゅんじゅん》する。

「空人のこと、ここまで調べてきたけどさ」

太一が言う。みちかはチューハイを取りに行くのをやめ、隣に膝を抱えて座った。

「空人が本当はどういう人間だったのか、こうして探らなかったら、一生知らないままだったんだな」

「かもね」

空人の本性といえばいいだろうか、人間的に綺麗《きれい》ではない部分をみちかも太一も知らずに隣にいた。

「私たちって、空人の表面だけ見て、好きだったのかな」

「空人が俺たちに見せていた部分も、空人で間違いないよ。俺たちは偽者を好きになったわけじゃない。俺が言いたいのは、真実を知ることに恐怖はもうあまり感じないってこと」

太一がこちらを見て、困ったような顔をした。

「嫌な面を知っても、俺は空人のことを嫌いになれない」

切ない気持ちで、みちかも頷《うなず》いた。そうだ。いっそ嫌いになれればラクなのに、みちかの心の中に空人の居場所は変わらずにある。夢で逢《あ》うほどに、彼に会いたいと思ってしまう。

「だから、納得するまでは調べるよ。みちかは……この前のエイミさんの件で結構ダメージでかそうだったから、無理すんな」

「そういう冷たいことを言うか、太一は」

みちかは嘆息した。心外だと思ったが、そう見えていたのだとすれば、恥ずかしい。でも、もう立ち止まらないと決めている。

「一蓮托生《いちれんたくしょう》でしょ、私たち。ここまできて、放りだそうとしないでよ」

女性関係の生々しい話は、あまりいい気分はしなかった。空人に対し嫌悪感を覚えたものの、空人を嫌いになる、存在を忘れられる決定的な出来事にもなり得なかった。愚かしいかもしれないが、それでも空人が好きだとしか思えない。

「ありがとう。そうだよな」

太一が安堵《あんど》したように微笑《ほほえ》んだ。立ち上がり、本棚に設置された引き出しからクリアファイルを出してきた。どきりとする。空人の遺書だ。最初に見たとき以来、みちかはそれを目にしていない。

「遺書に立ち返ろうかと思ってるんだ」

声音は気が重そうだった。テーブルに広げた遺書。消印は北陸の町のものだ。日付は空人が亡くなった日。名和アンと海に飛び込む前にポストに投函《とうかん》したのだろうか。

みちかは手紙を手に取る。空人の心がここに残っているようで、触れることすら申し訳ない気持ちになる。よく知った筆跡をまじまじと見るのもつらい。

一方で冷静にその内容を見返してもいた。空人から直接送られた唯一のメッセージなのだ。

「この遺書は、やっぱりどう見ても空人の字だよ」

誰かが代筆したものではない。みちかたちが遺書を目にしたのは、空人の葬儀後だったが、消印から送られた日と場所にも不自然な点はない。

「アンさんは遺書を残さなかったんだよね」

「なかったとエイミさんが言ってたな。そもそも死ぬ気配もなかったたって」

「空人はこの遺書を、いつ書いたんだろう」

「短い文章だし、走り書きみたいな感じもする。名和の見ていないところで書いたのかもな」

「心中するつもりなら、一緒に書けばよかったんじゃないの?」

小指だってそろって切り落としたのだ。死を心に決めていたなら、空人だけが遺書を残すのは不自然な気がした。アンには遺書を残したい人がいなかったのだろうか。

みちかは中の便箋を取り出し、改めて眺めた。

「あれ？　この手紙『太一、みちかへ』で始まってるけど、最後に空人の名前がないよね」

「……最後に署名がないってことか？」

「うん。もちろん、死ぬ間際の手紙だし、型通りじゃないことを不審に思っても仕方ないとは思う」

太一が考えるように手を口元に持っていく。

「いや、確かに気になるよ。あと、遺書を送られた人間は本当に俺たちだけなのかな。仲のよかった友達が他にいたなら……」

「高校時代の友達とか？　職場にはいなそうだったね。ご両親にも送らなそうに思える」

「陸くんはどうだろう」

太一が空人の弟の名を出した。

「空人とはお互い干渉しなかったって言ってたし、無関心な様子だったけど、本当に無関心なら誕生日にブランド物のペンなんか贈るかな」

「それは……私も思った。でも、空人の二十歳の誕生日って言ってたよね。もう四年も前だし、当時は多少関係が良かったのかもよ」

「そうだとしても、あの兄弟には仲の良かった時期があったってことだろう？　死ぬ直前に俺たちに恨みを伝えるくらいなら、弟に何か残す方が自然じゃないか？」

みちか自身も、陸の態度に引っかかる点はあった。興味なさそうにしているのに、端々には空人への怒りのような感情がちらついていた。それは太一とみちかが抱える愛着とは異なるものの、ただの無関心とは違うように感じられてならない。

「それと、陸くんに、空人の小指にタトゥーがなかったか聞きたい」

「タトゥー……営業職の会社員がそんなの入れないでしょ。少なくとも二月に会ったとき、私は見てない」

「俺もそう思うけど、名和が空人にタトゥーを入れさせたってことはないか？　ペアリングみたいに。空人にも……」

「それがわかってどうなるっていうの？」

遮るようにみちかは言った。つい感情的になった苦々しい質問に、太一が数瞬黙った。

「……どうにもならないよ。心中の理由にもならない。空人がタトゥーを入れていようがいまいが、関係ないとは思う。だからきっと俺の個人的な興味。俺はたぶん空人が名和を愛していたって思いたいだけなんだ。本当に好きな相手とわかり合って死んだなら納得できる……。そういう勝手な希望」

そう言われてしまうと、知りたくなかったことの見え方が変わってくる。みちかにも太一の言いたいことがわかる。空人は浮気していたが、心はアンとともにあったから死んだのだと信じたい。タトゥーが空人の小指にあったのなら、それが恋心の証《あかし》になる気がする。

空人の死が自殺であるのかすら疑っていたのに、今や空人の心中を正当化しないといけない気持ちになっている。そうしないと、何も知らされず置いて行かれた自分たちがあまりに不憫《ふびん》だ。

肝心の心中の理由はいまだわからないというのに。

「どっちみち、遺書が届いていないかは聞きたいよね。もし陸くんに届いているなら、どんな内容だったか聞いてみたい」

「何度も、付き合わせて悪いな」

「怒るよ、その言い方」

「ああ、ごめん」

太一が小さな声で言った。自分で遺書を持ち出しておいて、太一はひどく疲れたような顔になっていた。太一だけではなく、自分もまたくたびれているとみちかは思った。ふたりでいるとどうしようもなく安心するのに、ふと気づけば、空気はどんどん重たく沈殿していく。空人を失い、間もなく二ヶ月が経《た》とうとしている。

翌日も雨は降らず快晴だった。湿度が下がったせいか夏を先取りしたような陽気である。太一とみちかは昼の到着を目指し、陸の通う大学へ出発した。授業で構内にいるだろうか。みちかはシフトを代わってもらってきている。

大学に到着してから、陸にメッセージを送った。陸は運良く大学に来ていた。

「急にごめんな」

不意打ちで行こうと提案したのは太一だ。先日形見分けのようなことをして、彼と会う用事はもうないと言っていい。身構えさせたくないと思ったのだ。

「いえ、でもこの後卒論指導があるんで、手短にお願いします」

校舎の外で落ち合った陸は、だるそうに背を丸め、ずり落ちてきた鞄《かばん》を肩にかけなおして言った。あまり視線は合わない。

以前話をした中庭の桜の古木の下で向かい合った。あの頃より桜の葉が茂り、今日のような暑い日には心地よい木陰になっていた。

「実は俺たち、空人から遺書をもらってるんだ」

太一がほとんど前置き無しで言った。

「今まで言えなくてごめん。陸くんも読みたいなら、ここにある」

「いえ……興味ないです。おふたり宛でしょう」

陸の表情は変わらない。Tシャツの裾をつかむ仕草は苛立《いらだ》っているせいだろうか。早く会話を終えたいと思っているようにも見える。

「陸くんにはこういったものは届いてない？」

みちかは顔を覗《のぞ》き込んで尋ねた。細かな変化も見逃したくない。

「空人、私たちには家族は仲が良いって言ってたの。陸くんと一緒にゲームしたとか、買い物したとか……。それが事実じゃなくても、空人の願望だったなら、陸くんに何か残したんじゃないかと思って」

陸は面倒くさそうに、小さく首を振った。

「俺は何ももらってないです」

名和エイミの話を出そうかと、みちかは太一をちらりと見やる。すると、陸が大きくため息をついた。長い前髪を苛立たしげにかきあげ、次に握った拳を桜の幹に叩《たた》きつけた。どん、という鈍い音にみちかは目をみはる。

「松下さん、香野さん。いつまで兄貴のことを調べるつもりですか？」

いつも質問に答えていただけの陸が剣呑《けんのん》な口調で尋ねてくる。今までとは違う反応だ。

「兄貴、もう死んでるんですよ。ただの自殺ですし、近いうちに警察の捜査も終わるんじゃないですか？」

「まあ、自己満足だよ。空人がどうして死んでしまったのか、理由が知りたい」

陸の変化に少なからず太一も驚いてはいるだろう。しかし、太一の言葉は平静で自嘲的だった。

「友達なのに、何も知らなかったから。情けないことだけど」

「兄貴はそういうヤツだったんだと思います。友達甲斐《がい》のない、薄情なヤツだった。兄貴の死に振り回されない方がいいですよ」

陸は早口で冷淡に言った。彼ら家族は、警察や親族への説明、マスコミへの対応もあったはずだ。仮面家族でも、逃れられないことも多く、うんざりしているのだろう。

「友達のあなたたちがそこまでする価値、あいつにないです」

辛辣《しんらつ》な言葉に、みちかは返事に窮する。どう言ったら目の前の青年にこちらの気持ちが伝わるだろう。理解し合えるだろう。

　すると、太一がふっと短く息をついた。聞こえるか聞こえないかの静かなため息。見上げたみちかの目にはうっすら微笑む太一の横顔が映った。

「でも、俺は好きだったから。空人のこと」

　それは、痛いほどの思いから溢《あふ》れた言葉だった。

　ああ、そうだ。ただただその一念でここまできた。空人が大好きだった。恋愛感情であり、友情であり、絆であった。一方的に断ち切られて納得できるものじゃなかった。

「すごく個人的で勝手な気持ちだよ。空人が何を想《おも》って死んだのか。俺たちに悪いところがあったのか。もう、空人本人からは聞けないから、できる限り調べたい。自分たちの中で納得したい。空人は帰ってこないのにな」

　帰ってこないけれど、知りたい。せめてもの救いがほしい。残された者の切なるあがきだ。

　陸がぐっと押し黙った。その様子には明らかな変化がある。

「俺たち、空人と一緒に亡くなった名和さんの妹に会ってきたんだ」

　太一の言葉に、陸の顔が強張《こわば》った。口元が開きかけ、思い直したようにきゅっと結ばれる。

「名和さん、左手の小指にタトゥーをしていたんだってね。空人との結婚の約束のためだって妹さんが言っていた。それで、陸くんが覚えていればなんだけれど、空人の左手の小指にタトゥーはあったかかな」

「馬鹿らしい」

陸が嘲笑めいた表情を浮かべ、吐き捨てるように言った。

「そんな目立つところにタトゥーを入れるなんて、考え無しの兄貴だってあり得ませんよ。あの女だってすぐにタトゥーを消したじゃないですか」

「……陸くん、アンさんはタトゥーを入れて、自分で消したの？　それは誰から聞いたの？」

尋ねたみちかは陸の顔を凝視する。陸は失言だったと即座に気づいたようだ。

エイミの認識では、アンは小指にタトゥーを入れ、職場では隠していた。職場の店員はタトゥーがあったとは言っていない。

陸の言葉通りなら、アン本人がタトゥーを入れ、すぐに消したということになる。しかし、それをどうして陸が知っているのだろう。

「陸くん、空人から聞いていたのか？　タトゥーやふたりのこと」

太一の問いに陸が顔をそむけ、踵《きびす》を返そうとする。みちかは咄嗟《とっさ》に陸の鞄を掴《つか》み、歩みを阻んだ。

「待って、陸くん」

手を振りほどこうとする陸に必死に追いすがる。

「お願い。わかることを教えて」

「陸くん、頼む」

太一が前に回り込むが、陸は太一の身体《からだ》を押しのけて行こうとする。みちかは強く陸の鞄を引っ張った。場所は昼休みの中庭だ。片隅とはいえ、揉めている男女の姿は目に付くだろう。それでもそんなことに構っている余裕はなかった。

「陸くん、お願い！　このままじゃ私も太一も前に進めない」

陸が足を止める。みちかは自分がこれほど激しく他人に詰め寄れるとは思っていなかった。自分では止められない強い感情に突き動かされていた。

「私たちはずっと空人が死んだ日にいるの。あの場所から動けない。全然受け入れられないのに、何度も何度も空人が死んだことを繰り返し考えてしまう。ものすごく痛くて、つらい。毎日普通に暮らしているのに、息ができないの。溺《おぼ》れているみたい！」

陸の鞄を掴む手が白く筋張る。吐き出すように叫びながら、みちかは感じていた。

太一とともに空人の死を探ってきた。傷を舐《な》め合うように寄り添い、しがみつき合って、空人の死に沈まないように足掻《あが》いてきた。

その日々は穏やかで優しく、どうしようもなく苦しかった。

このままじゃいけない。水を蹴り、顔だけ必死に水面から出し、互いの浮力に頼っていても、自分たちは沈まないだけで進めない。もう潮時がきている。みちかにもわかっているのだ。おそらく、太一もまた。

「私と太一をここから掬《すく》いあげて」

苦しげに眉根を寄せるみちかに、陸が唇を噛《か》みしめうつむいた。太一がその肩に触れ、頭を下げる。

「頼む、陸くん。……知っていることを教えてくれ」

陸はしばらく黙っていた。響くチャイム。陸は行かなければならない時刻だろう。

「……今夜」

随分してから陸が言った。

「今夜、待ち合わせしませんか」

陸が指定した場所は代々木公園だった。間もなく時刻は十九時になる。日没直後の公園は薄闇。日中の気温が高かったせいか、この時間を選んでランニングや散歩に訪れる人が割合いる。人通りの多いところは避け、木々がうっそうと茂るベンチにふたりで腰かけ、陸の到着を待った。随分時間が経った。合流する頃には、日は完全に沈み公園は闇に包まれていた。

「遅くなってすみません」

ふたりの前に現れた陸が丁寧に頭を下げた。薄手のジャケットにジーンズ、昼間とは違う大きめのトートバッグを持っていた。昼に会ったときより、幾分落ち着いた表情をしている。決意を秘めた顔と言えばいいだろうか。向き合おうとする誠意を感じる。

陸が、トートバッグから茶色の大きな封筒を取り出し、みちかに手渡した。

「これは」

「兄貴の遺書のすべてです」

みちかと太一は顔を見合わせた。すべて、という言葉で意味を察することはできた。

「私たちに送られてきた遺書の続きってこと?」

「はい、そうです。遺書を分割して、最初の一枚だけを送ったのは俺です」

陸の表情は神妙だった。伏し目がちだが、言葉には意志が込められた力強さがある。

「読んでいただいて結構です。そうしたら、全部お話しします」

陸にうながされるまま、ふたりは封筒を開けた。外灯の頼りない灯《あか》りに照らされたのは懐かしい筆跡。空人の字だった。

『恨んでいたなんて、太一とみちかはどう思うかな。びっくりするよな。俺が死ぬ理由だって、わけわかんないよな。』

複数枚ある遺書はそんなふうに続いていた。文章は一種特殊な興奮状態で書かれたものに見えた。

奇妙なエネルギーに満ちた空人の最期の言葉。死の直前、太一とみちかに宛て、書き残す真実。肌で感じる本物の遺言に寒気がする。自分たちが持っている一枚目と合わせ、ふたりは視線を走らせた。

『太一、みちかへ

急にこんな手紙を送ってごめん。まず、この五千円は太一に返すもの。

大学二年の春、飲み会で俺は酔って、払ってないのに金を払ったと言ってしまった。その時に太一が代わりに払ってくれた金。

酔いが覚めてから、自分の間違いに気づいたけど、言いだせなかった。ごめん。

ふたりに送るこの手紙を俺からの最後の挨拶にしたいと思う。

俺はこの手紙を書き終えたら死ぬつもり。

太一、みちか、俺はふたりをいつまでも恨んでいるよ。


恨んでいたなんて、太一とみちかはどう思うかな。びっくりするよな。俺が死ぬ理由だって、わけわかんないよな。

俺が死ぬのは、単純にたくさんのことに疲れたから。

ついさっき、アンを殺した。色々と上手《うま》くいかない人生だったけど、これは極め付け。もう、逃げ場はないと観念してる。

あいつ、浮気してたんだ。俺を裏切ってた。マッチングアプリで男漁《あさ》りしてたんだ。小指にタトゥーを彫って、結婚しよう、指切りするたび思い出してって言っておきながら、仕事や浮気の邪魔になったらあっさり消して。責めたら俺がいつまでも結婚してくれないからだって。

言い合いになって、殴ったら死んでしまった。殺す気はなかったなんて言わないよ。途中から俺はアンを殺そうと思って殴った。憎かったし、アンの顔が潰《つぶ》れていくとすっとした。他の男にも見せてたんだろう媚《こ》びた笑顔はもう見なくて済む。

　それから、俺はあいつとの約束をぶっ壊すことにした。結婚しようって指切りした小指をちぎってやった。飲み込んで俺の一部にしようと思う。だって、俺のものになりたいって言ったのはあいつなんだから。小指くらいは叶えてやろうと思うよ。俺の小指も切るけど、あいつはもう飲み込めないから無駄かな。

　太一、みちか、いきなりこんな手紙をもらって、きっと嫌な気分になるだろうな。俺のこと気持ち悪いって思うだろうし、嫌いになるかもしれない。

　だけど、ようやく、それでもいいからふたりに話したいって思えるようになったんだ。最後に聞いてほしい。

　たぶん、俺は根っからのどうしようもない男なんだと思う。自分をよく見せるために嘘《うそ》をつく。うざいやつを社会的に殺すために嘘をつく。周りが俺の言うことを聞くように嘘をつく。そうやってきた。俺が幸せならよかったんだ。利用できるものは利用するし、いらないものは蹴散らしていいって思ってた。

　高校や大学まではまあまあ上手くいってた。みんな俺の言うことを聞いてくれたし、俺のことを尊敬してくれた。でも会社ではあんまり上手くいかなかった。気づいたら周りは敵ばっかり。誰も俺に話しかけないし、頑張っても仕事は評価されない。同期も上司もみんなムカついた。俺は自分が本当はたいしたことない男だって知ってたから、自分を大きく見せようと必死だったんだ。馬鹿みたいだよな。会社の連中に俺の正体を見透かされてるかと思ったら、悔しくて恥ずかしくて毎日が地獄みたいに真っ暗だった。

それなのに、アンは結婚をせがむんだ。早く結婚したい、空人が結婚してくれないから就職しないといけない、空人の家に挨拶に行きたい。会う度会う度、アピールされる。一度転職の相談をしたらキレられた。あの会社に勤めてなきゃ価値がないみたいな言い方されて、俺もキレたよ。あんまりムカつくからアンの妹とも付き合ってみた。

太一とみちかは知らなかっただろ。

俺は本当にクズ。馬鹿で嘘つきで彼女の妹ともセックスできる。

それでもアンのことは好きだったんだ。俺なりに大事にしてたつもり。

だから、俺を裏切ったアンを殺した。償う気もないので死のうと思う。俺の人生、こんなものかなと今は清々《すがすが》しい気持ち。アンとの関係をよくしたくて、仕事のストレスから解放されたくて旅行に出たのに、こんな結末になっちゃうなんてな。

俺は俺の思う通りに生きられなかった。親は他人だった。友達は飾りだった。俺はクズで、クズの彼女を殺して人生を終えるんだ。

この遺書は弟に託そうと思う。太一、みちか、どうかふたりだけで読んで、どこにも公表しないでほしい。

弟の陸は俺の唯一の家族。陸を俺の犯罪に巻き込みたくない。

どうか頼む。』


そこまで読んで、太一が堪《こら》えきれないように口を開いた。声は震えている。

「空人は、彼女を……殺したのか。心中ではなく」

陸が静かに頷く。

「そうです。兄が殺しました」

へたり込みそうなショックを感じた。目の前がぐらぐらする。空人は恋人を殺した。無理心中だったということか。咄嗟に、すさまじい嫌悪感を覚えた。空人はなんてことをしてしまったのだろう。

「兄はうざったく思いながらも、あの女に依存してましたから。自分も裏切っておいて、裏切られるのは許せなかった。頭に血が上ったんでしょう」

陸は感情のこもらない声音で答えた。

「馬鹿ですよ。殺す価値もない女なのに」

「アンさんは浮気をしていたの？」

信じられない気持ちと、妙に納得している気持ちがある。問い詰めると、陸は再び頷いた。

「複数人と。小指にタトゥーを彫って、兄貴にプレッシャーをかけておきながら、仕事や他の男と会うのに邪魔になったら、あっという間に消したらしいです。上から指輪をつけて、タトゥーを消したことをごまかしていたって兄貴が言っていました」

湿った風が吹いた。みちかは呆然《ぼうぜん》と陸を見つめ、太一はうつむき加減に拳を握りしめていた。拳は細かく震えていた。陸がそっと口を開く。

「あの日、兄貴から電話がありました。『助けてくれ』って。俺は父親の車で兄貴のところへ向かいました。高速に乗って、北陸のふたりの旅先まで。無料の駐車場にレンタカーを停《と》めて、兄貴は運転席で泣いていました。俺を見て、陸、陸って。アンを殺した。俺も死ぬって。後部座席に、頭にビニール袋をかぶせられた女の死体があって、兄貴の彼女だとわかりました」

想像してぞっと背筋が凍った。恋人の死体にビニールをかぶせ、泣いていた空人。海辺の道で、ひとり。

「陸くん……空人を助けに行ったんだね」

太一の声はかすれていた。殺人の事実に強い衝撃を受けているのが伝わる。

「兄貴が助けてといったので」

当然と言わんばかりの言葉は、陸のかすかに緩んだ口元から零《こぼ》れた。

「俺たちの親は、子どもに興味のある親じゃなかった。俺たちは、クリスマスプレゼントをもらったことも、誕生日を祝ってもらったこともない子どもでした。遠足も運動会も、弁当は家政婦が作りました。夏休みが終わると、いつも憂鬱《ゆううつ》でした。俺と兄貴には、話す思い出がひとつもなかったから」

切ない思い出を懐かしそうに語る陸。それは、ふたりが共有する兄弟の記録だった。

「兄貴、よく指切りしてたでしょう。あれ、子どもの頃、俺との約束だったんです。両親にかまってもらえなくて、寂しがって泣く俺に、兄貴は指切りをして言いました。俺たちはふたりで家族、何があっても絶対に裏切らないって。俺が泣くたびに、必ずしてくれた。俺の味方は世界中で兄貴ただひとりだったんです」

みちかは自身の小指を見つめた。やはり、指切りは空人の特別だったのだ。弟と交わした子どもの頃の約束。自分たちも同じように指切りをした。三人で小指を絡め、誓い合った未来が今は殊更寂しい。

「でも、皮肉なことに、成長するにつれ兄貴は親に似てきて、体裁を整えることが上手くなりました。その裏で弱いヤツを踏みつけるような卑怯さがあった。俺は兄貴のそういうところが嫌いになっていって、兄貴は兄貴で俺の陰気なところが気に食わないようでした。……本当にあの瞬間まで、兄貴が俺に助けを求めるまで、俺たちは他人同然の家族だったんです」

深夜の高速道路、兄を助けるために車を走らせた陸。いつかと同じ気持ちを取り戻していたのだろうか。何があっても絶対に裏切らないという指切りの約束は、兄弟の間に生きていたのだろうか。

「駆けつけた時、兄貴は取り乱していました。事情をすっかり話して子どもみたいに泣く兄をなだめて、ともかく俺は死体を始末しなければと思いました。警察に行くことなんか考えもしませんでした。兄貴を守れないと思ったので」

当然のように言う陸は、その瞬間、倫理観より兄弟の情を優先させたのだろう。

「ふたりで協力して死体を運んだんです。旧道が遊歩道になっていて、深夜には誰もいなかった。一番高いところから、身を乗り出して硬くなった死体を投げ捨てて。兄貴が彼女の小指を切り落としていることを知って、それも捨てろと言いましたが、聞き入れてくれませんでした。小指は、兄貴にとって特別なものだったんでしょうね。約束の象徴だった。だから、怒りをぶつけたのも小指だった。……それからまた、車に戻って兄貴と話をしました」

「死ぬなと……言ったの？」

そう言って、みちかは強い目眩《めまい》を感じた。ふたりが死体を遺棄するシーンが、見てもいないのに想像でちらつく。太一が腕を摑み、支えてくれる。

「死ぬなと言いました。兄に死なれたくなかった」

陸の思い詰めた表情はその瞬間に立ち返っているようにも見えた。今そこにあの日の空人がいるかのような寒々しく切ない表情をする。

「あいつが死んだら、俺はこの世にひとりです。あんな女のために死ぬ必要はない。死体は捨てた。このまま逃げようと言いました。無理やり指切りをして、俺が絶対助けると約束しました。兄貴は随分たくさん泣いて、それからふたりで子どもの頃の話をしました。俺は思いとどまらせたくていろんな話をして……。そのうち、兄貴がようやく頷いたんです。陸がそう言うなら俺は死なないって。弱々しく笑って」

陸はしばし黙った。みちかと太一にもわかっている。結果はそうはならなかったのだ。

「気が緩んで俺は少し眠ってしまったみたいでした。そんなに長くはなかったと思います。気づいたときには助手席に松下さんと香野さん宛の遺書があって、兄貴はいなかった。飛び込んだのだと咄嗟に思いました。でも、俺にはもうどうすることもできなかった。封がされていなかったので遺書の中身を確認して、問題ない部分だけ送りました。……俺が知っているのはこれだけです」

みちかも太一もそれ以上口をきくことができなかった。うつむき、言葉を無くしている。空人の死の真実。無理心中という後味の悪いエンドマーク。

「遺書、もう少しだけ続きがあります。最後まで読んでやってください」

陸にうながされるまま、ふたりは震える手で便箋をめくった。残り二枚の便箋に、空人の最後の言葉が並んでいる。それはみちかと太一へのメッセージだった。

『最後になるけど、太一、みちか、友達になってくれてありがとう。

太一とみちかには話してないことがたくさんあります。本当に本当にたくさん。

ふたりは格好いい俺が好きだったでしょう？　だから、俺は精一杯自分を綺麗《きれい》に見せてきた。

ふたりが俺を特別に思っていたことを知ってるよ。太一とみちかの好意は、俺に自信をくれた。俺を満足させてくれた。俺はあんまり家族と仲良くなかったから、ふたりがくれる言葉も視線も、認められているみたいで、許されているみたいで、あったかくて嬉《うれ》しくてたまらなかった。ふたりのことが大好きになってた。

でも、気づいたら俺はふたりの気持ちが俺から離れるのが怖くなりはじめた。ずっと俺を好きでいてほしかった。勝手なのはわかってるよ。でも、太一とみちかの一番は俺でありたかった。

そのために俺は、いつでも格好いい三木空人でいたんだ。汚い俺の本性は、ふたりとも一生知らなくていい。俺が完璧であり続ければいいって。

だけど、きっと無理してたんだろうな。根が汚いヤツがずっと汚いところを見せないようにしてるんだもん。笑うのも喋るのも、苦しくなった。弱いところを見せて、幻滅されたくなかったんだ。そうしたら、ふたりの存在がどうしようもなく憎くなって。俺を神様みたいに崇《あが》めて愛してくれる太一とみちかが重くて、しょうがなくなった。

ふたりのことがすごくすごく大好きなのに。

嫌な気分になった？　がっかりしたよな。俺ってこういう自己中なヤツだったんだ。

でも、最後だから嘘をつかないで終わりにしたい。俺が言ったら嘘くさいけど、心の中を全部見せたい。

太一、みちか、一緒にいてくれてありがとう。嘘つきでクズでどうしようもない俺も、ふたりといると生きていてよかったと思えたんだ。出会って五年、三人で過ごすときは、お日様の下で昼寝してるくらいのんきで楽しくて幸せだったよ。一生分の愛をふたりからもらった。

ふたりの気持ちを持っていきます。俺が太一とみちかを恨んで憎んで愛していたことだけ、覚えていて。さよなら。大好きだよ。　空人』

みちかの瞳から一粒だけ涙がこぼれた。

ああ、そうか。だから、空人は『恨んだ』のだ。太一とみちかが彼を愛したから。友人の親愛でなく、恋の熱狂で彼を崇拝したから。

自分たちは愛という温かな真綿でくるみ、空人の逃げ場を奪っていたのだ。五年以上もかけて。じわじわと。

陸が深く息をついた。長めの前髪をかきあげ、みちかと太一を見つめる。

「遺書、コピーさせてもらいました。これを持って警察に事情を話しに行くつもりです」

「……いいの？　陸くん」

「俺はそのつもりで準備して、ここにきました。遺書がおふたり宛なので、警察から事情を聞かれるかもしれません。その時は申し訳ありません」

「そんなの、俺たちはいいよ」

太一が首を振ると、陸がそっと微笑んだ。自嘲的ではあるが、陸のちゃんとした笑顔は初めて見るものだった。

「香野さんに言われて思いました。俺もずっと兄貴が死んだ場所にいたんだと思います。あの日から動けない。溺れて、もがいていました」

遠くを見る瞳は空人によく似ていて、そしてまったく違う色味をしていた。同じであるはずがないのだ。陸は生きている。

「俺も、前に進みたい」

みちかは思った。置き去りにされたのは太一と自分だけではなかった。陸もまた、空人に置いていかれた仲間だった。どんなに会いたくても、どんなにつらくとも、空人のいない世界で生きて行かなければならない。

「陸くん、いつか三人で話そう。空人のこと。これからのこと」

「はい」

太一が言い、陸が泣きそうに歪《ゆが》んだ顔で、しっかりと頷いた。

第七章

夜が明けた。太一の部屋に戻って、それぞれ布団に入ったものの、よく寝付けないうちに朝が来てしまった。頻繁な寝返りと、寝息ではない呼吸が聞こえていたので、太一も同じようだった。

これ以上は寝ていられないと身体《からだ》を起こす。時計を見ると七時過ぎだった。

「おはよう」

太一がはっきりした声音で言った。とっくに起きていたようだが、身体はベッドの中で、背中を向けているので顔も見えない。

「コーヒー淹《い》れるわ」

みちかはそう言って立ち上がった。

ふたりでローテーブルを囲み、インスタントコーヒーを飲んだ。寝不足のせいか身体はけだるく石のように重たかった。目がしょぼしょぼする。

「バイト、休む」

「いいんじゃないか」

みちかの言葉に太一が答えた。ずる休みするのは初めてだった。しかし、今日は普通に働ける気がしない。

早朝のひんやりした室温。遮光カーテンの隙間《すきま》から差し込むひと筋の光が、今日の天気が晴れだと教えてくれる。梅雨《つゆ》はどこへ行ってしまったのだろう。

「あのさ」

ややあって太一が言った。

「俺も大学休む」

「いいの？」

「ああ、教授には連絡入れるけど。そうしたら、ふたりで行ってみないか？」

太一が言葉を切り、みちかの目を覗《のぞ》き込んだ。

「空人の死んだ場所」

決まれば早かった。みちかはバイト先に休むと連絡し、斜めがけのバッグに最低限の荷物を詰めた。日帰りの予定だから、財布と携帯、交通ＩＣカード程度しか持たない。Ｔシャツにハーフパンツを合わせ、スニーカーを履く。太一はジーンズに青いシャツ姿だ。大学生みたいな格好をして、ふたりで家を出た。

東京駅で弁当を買い、手向《たむ》けるための花も買った。現地で買おうかとも思ったが、花屋が無かったら困る。東京と同じ勝手で考えない方がよさそうだ。幸い、ふたりとも荷物はほとんどない。太一が花束の入ったビニールを持った。

平日朝の新幹線に乗り込んだ。同じ車両に乗っているのは、旅行に行く様子の年配のグループと、出張と思《おぼ》しき会社員くらい。座席はガラガラだった。

経路はスマホで検索してある。昼過ぎには着くだろう。

「遠出、久しぶり」

「俺もだ。春休みもゴールデンウィークも、帰省しなかったたし」

二人掛けの席に座り、なんとはなしに車窓を眺める。太陽はすでに高い位置に昇り、燦々《さんさん》と降りそそぐ陽光がビル群を照らしていた。暑くなりそうな日だ。

「お弁当食べようよ」

「駅弁、ちょっとテンションあがるよな」

「わかる」

牛そぼろ弁当の蓋を開け、お腹《なか》が空《す》いていたことに気づいた。昨夜は自分も太一もろくに食べもせずに布団に入ってしまった。かなり長時間お腹は空《から》っぽだったのだ。

ひと口食べれば、美味《おい》しくてほっとする。不思議だ、ショックなことがあっても、お腹は空く。それは空人の死のときも感じたことだった。否応《いやおう》なしに身体は生理的欲求を満たそうとするし、心なんか関係なしに生きようとしてしまう。

「カブトムシ」

太一がぼそっと呟《つぶや》いた。見れば、太一は早々に焼肉弁当を食べ終わり、前座席のポケットにあった備え付けのフリーペーパーを眺めていた。表紙にカブトムシを持つ少年の写真がある。

「カブトムシ、覚えてるか？」

「大学んときでしょ？」

太一の悪戯《いたずら》っぽい表情に、みちかは箸を置いて笑った。

「太一、カブトムシ見つけてくるんだもん。空人がめっちゃビビッてたよね」

大学時代、太一がカブトムシを捕まえてきたことがあった。大学の近くに、緑豊かな公園があり、そこの森にいたのだと言って。

サークルの部室でカブトムシを見せびらかす太一は、さながら少年のように無邪気だった。珍しい、久しぶりに見た、と寄ってくるサークルメンバーの中、空人があからさまに後退《あとずさ》っていたのを思いだす。

「あれ、可哀想《かわいそう》だったからね〜。空人、あきらかに嫌がってるのに、太一ってばカブトムシ持ってぐいぐい近づいてくんだもん」

「いや、みちかは喜んでくれたから、イケるかと思って」

「なに言ってんのよ。空人が『無理無理』って言ってんのに、太一めちゃくちゃ笑顔だったじゃん」

　後退り『俺、虫は無理だから』と引きつった顔で宣言する空人。その場にいたサークルメンバーが囃《はや》す中、太一はうすら笑いを浮かべ、六本脚をわしゃわしゃ動かす立派なカブトムシを手に空人に近寄っていったのだ。

『ざっけんな、太一。マジ許さねえぞ』と口では強いことを言いながら、及び腰の空人が面白くて、部室は大爆笑だった。

「あのあとの太一、しばらく空人に警戒されてたよね。何も持ってないのに、いきなり手を持ち上げて、虫持ってるフリとか、見せるフリしてたから」

「あ〜、そうだったなあ」

「あれって好きな子、いじめちゃいたい心理？」

「いやいや、もっと純粋に下心。怖がる空人の顔が可愛《かわい》かったってだけ」

「素直だなー」

　そう言ってふたりで笑った。当時言えなかったことが、今なら言える。空人が死んで以来、しんみりするのも嫌であまり口にしてこなかった思い出たちが、身体の底から湧き上がってくるような感覚があった。

「虫、嫌いだったから、地方の夏合宿はうるさかったよな」

「山にはいっぱいいるもんねえ、虫。見つけると、『太一、みちか！』って呼ぶの。私たちが虫平気だからね」

「みちかがデカい蛾《が》をわしって摑《つか》んで、窓の外に放り投げたときは、空人ドン引きしてたぞ」

「私は空人のピンチを救ったヒーローですけど？」

みちかは威張って、それから『蛾わし摑み事件』を思いだし、またひとりで笑った。

確かにかなり大きな蛾だったし、空人は口を開け『うわあ』という顔をしていた。考えてみれば虫を怖がる空人は、完璧なんかじゃなかった。情けない一面だった。ひそかに可愛いなんて思っていないで、はっきり『ダサイ』『情けない』と言ってやればよかった。弱いところを見せてもいい空気を作って、自分たちは格好悪い空人も好きだと感じさせてあげられたらよかった。その程度で幻滅なんかしないって。

「虫で思いだした。みちかに悪い虫がついた事件」

「なんだそりゃ」

みちかは笑う。悪い虫とはなかなかの昭和ワードが出てきた。

「二年のときかな。みちか、ゼミかなにかで一緒の男子と仲良かったじゃん。一時期」

「あったね。そんなこと」

二年の秋頃、みちかにしきりに話しかける男子がいた。基礎ゼミナールが一緒で、空人とはまた違ったタイプの明るい男子だったことを思いだす。

「空人が心配してさ。『あんなチャラそうなヤツで大丈夫か』とか言っちゃって。まあ、俺も同感だったから、ふたりでみちかのこと見張ってたよ。並んで歩いてるところとか、離れて見てた」

「モンペか。きみたちは」

「モンペっていったら、そうだったかもなあ。みちかが変な男に引っかかったら嫌だったし」

あのとき、何度かその男子と学食でランチを食べたり、自販機前で並んでジュースを飲んだりしたものだ。太一と空人がそれをこっそり見張っていたのだとしたらおかしい。

「そいつと飯食いにいくって聞いた時、空人が『尾行するぞ』って言いだしてさ」

「ええ？　初耳。尾行してたの？」

「結局しなかった。みちか、そいつにあんまり興味がある感じに見えなかったし。まあ、俺らもそのくらい息巻いてたってことで」

確かに、さほど誘いに乗り気ではなかった。太一と空人以外の男子と過ごすのは、最初こそ新鮮だったが、結局はふたりと比べて居心地悪く感じてしまった。これは、比較対象が悪かったせいもある。空人と太一と比較したら、すべての異性はつまらなく思えただろう。

「で、どうなったんだっけ」

「進展しなかったからお察しでしょ」

みちかは思いだすのも恥ずかしいと言わんばかりに嘆息した。

「あの頃、もう空人が好きだったからね。付き合いたいってわけじゃないけど、余所《よそ》見《み》する余裕もなかったよ。まあ、私も面白いヤツじゃないし、ごはん一度でおしまいですわ。それに、友達としても、空人と太一の方が一緒にいて楽しかったよ」

「今更だけど、嬉《うれ》しいな、その言葉。俺と空人にとってみちかは妹だから。たった一度のみちかのモテ期を無駄に心配しちゃったんだよな」

「たった一度って……。ふたりが過保護だから私モテなかったんじゃないの？　あと、私、妹ポジじゃないから。お姉さんポジだから」

答えてみて、厳密には違うなとみちかは思った。三人は兄であり姉であり、弟であり妹だった。その都度立場を入れ替えて、守り合い、助け合い、笑って過ごした。あの親密な関係性には、誰も立ち入れなかったと思う。空人はお日様の下で昼寝をしているような、と言ったが、そのニュアンスがよくわかる。ひたすらに温かいまどろみの中で過ごす楽園の日々だった。

「三人でいると、時間が無限に続きそうだったなあ」

みちかはペットボトルのお茶を開け、ごくんと飲む。

「私、太一と空人と過ごす時間が、世界で一番好きだった」

「俺もだよ。空人も同じように感じてくれてたってことだけは救いだな」

どんなに取り繕っていても、恨みまで抱えていても、空人の心にはみちかと太一に対するかけがえのない温かな気持ちがあった。それだけは大事に覚えておきたい。

新幹線が目的の駅に着いた。駅舎はかなり綺麗《きれい》だ。スムーズに到着したのだが、目的の電車との乗り換えまで、三十分以上ある。

「結構待つな」

「うん、歩いて行った方が近い？」

都内出身のみちかは、電車の本数を甘く見ていた。さらにはそんなことを言うので、地方出身の太一に渋い顔をされる。

「田舎の一駅はすさまじく遠いぞ。おとなしく電車を待った方がいい」

待ち時間を持て余し、駅から出て、周辺を散策してみることにした。駅は外から見ても新しく立派だ。ロータリーも広々としているが、平日で観光シーズンよりも少々早い今は閑散としている。また駅前には食事処《どころ》が一、二ヶ所あるだけで、商店街のようなものもない。ロータリーに面した土地には人家が立ち並んでいる。元々はこれほど大きい駅ではなかったのだろう。

「これは、時間をつぶせはしないね」

「おとなしく電車を待つか」

蒸し暑いが、都内と違い天候は曇り空だ。ペットボトルで水分を買い足し、ホームに降りた。

「お花、東京で買ってきてよかった」

「俺も思った」

ホームのベンチに腰掛けた。寝不足の身体が今頃だるさを感じる。ここに到着するまでは、旅への期待値のようなものが自分の身体を動かしていたのだ。気持ちがわずかに緩む。

「それにしても、空人は、なんでここを旅先に選んだのかね〜、甚《はなは》だ疑問ですわ〜」

みちかは背もたれに身体を預け、四肢をぐんと伸ばした。あくびまじりなので、変な声になる。

「さびれてるよな。恋人同士の旅先っていうより、町内会の慰安旅行先って感じ」

「あの子、不満言いそうじゃん。こんなところダサいって」

すっかりイメージの変わった名和アンのことをあげ、つい意地悪な口調になってしまったことを恥じた。

「空人は、純粋に旅を楽しみたくて選んだのかもな。静かで海の幸は豊富そうだから。恋人を連れてくるにはあまり気の利いた場所じゃないけど」

太一が言った。どちらにしろ、空人の気持ちはこれ以上わからないだろう。

「空人ってさ、あの子のことすごく好きだったんだろうね」

言いたくないし、振り返りたくもないことだけれど、みちかは口にした。

「裏切られて、怒って殺しちゃうくらいにさ」

「依存っていえばそうなんだろうな。厳密に恋だったのか……ってこれは、俺たちに都合のいい考えか」

太一が自嘲気味に言った。みちかはペットボトルを日に透かす。着色料で青く色づけられたソーダがきらきら綺麗だ。

「私、名和アン、嫌いだったぁー。今だから言えるけど」

思い切って言葉にすると、太一が笑った。

「みちかとタイプ違うからわかるよ」

「媚《こ》びっ媚びじゃん。髪も服もメイクも。しかも、実は肉食系なのにおとなしい清楚《せいそ》系気取ってたんでしょ。最悪じゃん」

「言うねぇ」

「あんなのに引っかかって、空人すごい馬鹿。ダッサ。挙句殺人事件まで起こしちゃってさ。最悪じゃん」

こんな言い方したかったのかな、と思いつつ、口にしたらすっとした。太一が苦笑して言う。

「彼女について言うなら、俺は好きでも嫌いでもなかった。俺たちの枠組みとは別って思ってたから。でも、空人が彼女を見る優しい目は気に食わなかったかな。あんな顔は、みちかと俺以外に見せてほしくなかった」

「熱烈〜」

「今更、隠しても仕方ないだろ」

　太一がみちかの首筋に水滴だらけのペットボトルを押し当てた。ぎゃ、とみちかは悲鳴をあげる。空人が死んで、言いたいことがようやく言葉にできて……。そうしたら、この恋はどこへ行くのだろう。空気に融《と》けていつか消えていくものなのだろうか。

「あ、みちか。見て、これ」

　太一が、スマホの画面をこちらに見せてきた。着信履歴がいくつか入っている。留守電もあるようだ。

「この番号、調べたら、新宿署と県警。陸くんが話したからだと思う」

「警察から……」

　みちかはやや緊張の面持《おもも》ちになった。太一だけではなく、自分のところにも連絡はくるだろう。案外、実家にはすでに連絡が行っているかもしれない。そこで私が家出中だとなれば、捜索されてしまうのではなかろうか。

「連絡返さなきゃまずいかな」

「花、手向けた後でいいだろ」

　太一はなんてことはなさそうに答えた。

「電車、見えたぞ」

やってきた電車は一両だけだった。待っていた位置が悪く、到着した電車に向かいホームを走る。数人が降り、数人が乗った。たった一両なのにとても空いていた。走り出してしばらくは市街地と住宅の中を進む。やがて、海が近くに見えてきた。

「ねえ、なんか海浅くない？」

単純な疑問として口にした。日本海側の、古くは交通の難所と言われた土地だ。もっと荒い海を想像していたのだ。

「近くに海水浴場がいくつかある。俺も切り立った崖の海外線なのかと思ってた」

太一がスマホでマップを確認しながら答えた。海は凪《な》ぎ、波がきらめいている。

「たぶん、空人が飛び込んだあたりは崖だと思うけど」

「あのさ、彼女って頭ぐちゃぐちゃだったたって聞いたじゃない？」

「調べたら多発性外傷性ショックだって。空人は足から落ちたみたいだな」

「頭を殴られた傷と、落ちたときの傷ってごっちゃになるのかな。調べたらわかるんじゃない？　死亡推定時刻とかさ」

テレビで得た程度の知識だが、こういったことは巧妙に隠しても調べればわかると聞いたことがある。

「わかるだろ。だから、ずっと捜査が続いてた。空人のスマホの履歴に陸くんの番号があっただろうし。消したって復元できるみたいだからな。陸くん本人が出頭したのは良かったと思う」

「陸くん、罪に問われるんだよね」

「死体遺棄についてはほぼ間違いなく」

ふたりは黙った。みちかと太一が調べなくても、近く警察は陸にたどり着いただろう。

陸本人のためには必要な決断だったのだと思いたい。死んだ空人の望みより、生きる陸や、名和アンの遺族のためにも。みちかは自分自身に言い聞かせる。

やがて、電車は目的の駅に到着した。見事に何もない無人駅だった。駅からは海と、その上を走る国道と高速道路が見えた。

「飛び込んだのはここじゃないよね」

言ってみてすぐに、飛び込むような場所もないと思った。海面の少し上を走る二本の道路が、不思議な光景だ。

「ああ、もう少し行ったところなんだけど、駅前にタクシーが一台もないな」

スマホでこのあたりのタクシーを探そうか。すると、太一が言った。

「歩くか」

「は？　さっき、田舎の一駅間はすごく遠いって言ったじゃん」

「一駅区間の半分くらいで目的地なんだよ。行けるかもしれない。ほら、曇ってて、そこまで日差しもきつくないし。観光協会の情報だと二十分くらいで到着するって」

思考が体育会系だ。しかし、太一がそう言うのなら負けていられない。

「わかったよ。歩こう。私、全然平気」

しかし、スタートから数分でみちかはすでに後悔し始めた。自分でもスマホのマップと位置情報を照らし合わせてみるのだが、歩けども歩けどもまったく進まない。最初こそ人家の間を抜け、海を眺めながらの道だったのが、起伏のある山道に入る頃には汗が滝のように流れていた。曇っていても蒸し暑い。海辺は爽やかなものだと勝手に思っていたが、潮風が汗ばむ肌にべたつく。山を背にした海岸線の湿度は都内より高いだろう。持っていたペットボトルの中身はあっという間になくなった。買い足そうにも路上には何もない。目的地には自販機くらいあると信じたいものだ。

車は通り過ぎるものの歩く人の姿はまったくない。空人もレンタカーでここまで来たということを思いだした。おそらく歩くことを想定していないなと感じたのは、雪や落石を防ぐシェッドの中を歩いたときだ。乗用車やトラックが至近距離を走り抜けていく。トンネルと違い採光があるが、車の圧迫感と吹き飛ばされそうな風圧に肝が冷える思いだった。

「こわい」

「ああ」

「遠……」

「弱音ですか、みちかさん」

「太一の持ってる花もしょんぼりしちゃってるじゃん。やっぱりここ、車で来るところだよ！　徒歩圏内じゃないって！」

文句を言っても始まらないがつい口からでてしまう。汗でべたべたの身体に道路の埃《ほこり》や車の排気ガスがこびりついているような不快な心地だ。

「もうじき到着するだろ」

太一の頬と首筋にも汗が見えた。しかし、太一は静かなものだ。大学院生の太一と、立ち仕事のみちか。体力的に負けて悔しい。しかし、つい視線は通り過ぎる車にタクシーがいないかを探してしまう。都内と違って流しのタクシーはついに発見できなかった。

予定の倍くらいの時間をかけて、目的の場所に到着した。無料の駐車場があり、ここが陸と空人が待ち合わせた場所だろう。数台の営業車が駐車しているようだ。観光ホテルがあるが、近隣に従業員も客の姿も見えない。

みちかはまず自販機に駆け寄り、持っていたペットボトルを捨て、スポーツドリンクを買った。ごくごくといっきに半分ほど飲み干すと、ようやくひと心地つけた。

太一も手持ちの空のペットボトルを捨てたが、小さな缶コーヒーをひとつ買っただけで、ポケットにしまった。喉は渇いていないのだろうか。

「遊歩道ってこの裏手?」

人気《ひとけ》のないホテルの横を通り過ぎると観光地らしい看板と石碑があった。東屋《あずまや》が見える。展望台なのだろうか。

通りかかる観光客はまったくいなかった。土日やシーズン中は訪れる人もいるのだろう。東屋の向こうは切り立った崖のようだ。海面は遠い。

曇り空の蒸し暑い午後。波の音、国道を行く車の音。それ以外は何もなく、誰もいない。空人と陸が遺体を投げ捨てた夜中も、誰も通りかからなかったのだろうと想像できた。

「花、海に投げ入れようか。誰もいないけど、見られて注意とかされたくないし」

みちかはそう言って、横の太一を見あげる。

どきん、と心臓が跳ねた。

太一は呆《ほう》けたような顔をしていた。表情が完全に抜け落ち、唇が薄く開いている。視線はまっすぐ先を見ていて、こちらを見ない。みちかは太一の見ているものがなんなのかと、ほぼ無意識にその視線の先へ首を巡らせた。

次の瞬間、横の太一がざっと動いた。そのまま崖に吸い込まれるように走って行く。ほんの短い距離、大きな体軀《たいく》を野生動物のように躍動させて。

「太一……！」

腕をのばす。声がこれ以上でない。全身の血がぶわっと沸き、頭が真っ白になる。無我夢中で転がるように駆け寄って、太一に飛びついた。

みちかが太一に追いつけたのは、東屋に転落防止の欄干があったからだ。欄干に足をかけ、身を乗り出した太一にしがみつく。そのまま全体重をかけて太一もろとも後ろにひっくり返った。

みちかと太一は、石畳の敷かれた地面に転がった。花束だけが手すりを飛び越え、崖に生えた樹木の茂みに消えていった。

「あ、あんたァッ！　何しようとしてたのよおっ！」

上ずった声が喉の奥から迸《ほとばし》った。手はしっかりと太一のシャツを握りしめている。全身が震えていた。心臓が痛いほど強く速く鳴り響いている。

太一は仰向《あおむ》けのまま荒く息を吐いていた。見開いた目、蒼白《そうはく》な顔には、やはりなんの感情もない。本人も自分が何をしようとしていたのか判然としない様子だ。みちかは怒りとも恐怖ともつかない気持ちで叫んだ。

「太一ィッ！」

「だって、空人がいない……」

か細い声が聞こえてきた。太一は緩慢な動作で身体を起こし、座り込んで呆然《ぼうぜん》としている。その瞳からぽろっと涙が零《こぼ》れた。

「……空人がいない。もうどこにもいない。……声も聞けない。顔も見られない。生きてる理由がない」

はらはらと頬を流れる涙とともに、言葉が零れ落ちる。

「空人に、会いたい……」

「そんなの！」

みちかは勢いよく身体を起こし、太一の両腕に掴みかかり、ガクガクと揺さぶった。

「私だって会いたいに決まってるでしょ！」

「みちかならよかったのに」

「はあ?」

太一がぐしゃっと顔を歪《ゆが》めた。子どもの泣き顔みたいな表情でみちかを見つめる。

「みちかなら許せた。みちかが空人と幸せになってくれたなら許せた。なんであの女だった? みちかなら空人をこんなところで死なせなかったのに!」

摑みかかるみちかに、あべこべにすがりつく太一の指先。鬼気迫る太一の表情が自分を責めていることに、みちかは震えるほどの怒りを感じた。

「あんた、どれほど残酷なこと言ってるかわかってる?」

みちかは憎しみと怒りでぎりぎりと歯嚙《はが》みをしながら太一を間近く睨《にら》みつけた。今救ったばかりの命をくびり殺してやりたい気分だ。

「無神経じゃない? 私が選ばれなかったことは一番近くにいた太一が誰よりも知っているじゃない。太一の方がよほど空人の傍《そば》にいたクセに。私は空人と太一の同性の距離に嫉妬してた」

みちかの瞳からも涙が溢《あふ》れていた。喉に言葉が引っかかる。身体の奥が痛く重く、苦しくて吐きそうだ。

「ううん、綺麗ごとだわ。私は、名和アンになりたかった! 女として空人に選ばれたかった！　愛されたかった！　脈がないってわかってても、何年経《た》っても諦めきれなかった！」

　太一の腕に爪を立て、みちかは叫んだ。身体の底の汚い澱《おり》をすべて出してしまいたい。この汚くて愛《いと》しくて大切だった感情を、空人に伝えたい。

「誰にも渡したくなかった！　太一にも、名和アンにも！　私だけの空人でいてほしかった！」

　言いたかった。言えなかった。言わないことを選んだ。そのことをこれほど後悔するとは思わなかった。空人を失ったのに、どうして生きているのか。そんなのみちかにだってもうわからない。

「空人、好き、好き、大好き！　空人が好き！　こんなお別れひどい！　私と太一を置いて行ったこと、絶対に許さないッ！　畜生《ちくしょう》！　くだらない死に方しやがって！」

　太一が苦しそうに嗚咽《おえつ》する。叫び続けるみちかを、きつくかき抱く力強い腕。みちかは太一にしがみつき、悲鳴のように名を呼んだ。

「空人！　空人ぉっ！　会いたいよ、会いたいよ――――…………！」

「空人……ッ！」

　太一の苦しく熱い吐息が肩と首筋に沁《し》み込む。

空人は死んだのだ。

みちかと太一のたったひとりの想《おも》い人は死んだ。恋人を殺し、その小指を飲み込んで、崖から身を投げた。ずるくてちっぽけで、世界で一番愛しい男だった。

涙が熱い塊《かたまり》になって次から次へと零れ落ちる。空人が死んで、ようやく涙が出た。溢れ出た感情の行き場はなく、出しきってしまうしかない。ふたりはそのまま、互いの身体にしがみつき泣き続けた。子どものように、死にもの狂いで泣き続けた。

空人のいない現実を生きていきたくない。息をして食事をして、眠って、身体を生かしたくない。すべてに意味はなくなったのだ。

湿った海風が吹きつけ、熱くなった顔と身体をなぶる。息が苦しいし、全身が痛い。泣くのはとても苦しい。やがて、ふたりは泣き止《や》み、互いの肩に頭をもたせかけ、虚《うつ》ろな心地で黙った。しゃくりあげる互いの息だけが響いている。

「……でも、私と太一が死んだら、こんな想いも消えてしまうね」

熱い涙の余韻に呆然としながら、みちかは呟いた。

「みちか……」

太一が吐息のように名を呼ぶ。

「空人を、せめて私たちの中だけでも長く生かしておきたい。卑怯《ひきょう》で弱くて見栄《みえ》っ張りで、私たちのことが大好きだった空人を」

みちかは太一の首筋に頬を寄せ、洟《はな》をすすった。

「いつか、空人の笑い方を忘れるかもしれない。声も思いだせなくなるかもしれない。それでも、空人が生きていたこと、私たちと過ごしたことを、この世界から無くしたくない」

想い続けている限り、空人が完全に消えてしまうことはない。みちかと太一の心の中には存在し続けるはずだ。まばたきをすると、新たな涙が溢れてくる。流れるに任せ、みちかは長く息をついた。

「……空人が死んだ日から、止まってると思ってた。……俺もみちかも」

太一の声はガラガラだった。それでも低くしゃくりあげながら続ける。

「このまま一番苦しいところで……停滞し続けるしかないんだって。……違ったのか」

「うん、私たちは、立ち止まれなかった。空人の死を追うことで、押し出されるみたいに、未来に進んでた。それは誰も止めることができない流れなんだよ。私たちが生きている限り」

空人のいる場所と、みちかたちのいる場所はとうにずれてしまった。どんなに彼の元にとどまっていたくても、生きている限り不可能なのだろう。

「みちか、ごめん。生きないといけないな。どれほど苦しくても。空人を未来につなげるために。俺たちの恋を昇華させてやるために」

「うん……」

「生きて生きて生き抜いて、いつか空人に会えたら、とりあえず一度ぶん殴ってやろう。それから、今度こそ腹を割って話そう」

みちかはしっかりと頷《うなず》いた。大粒の涙が溢れ、零れ落ちた。

「今度こそ、私たち親友になれるかな」

雲の切れ間、傾いてきた日差しが幾筋かの光の柱を地上に向けて下ろしていた。神々しい光の帯。穏やかにさざめく水面《みなも》。岩礁に弾《はじ》ける波。

生きているのだ。この美しい世界に。みちかは自分自身の生命《いのち》がここに確かに存在すると、強く感じていた。

終章

「お先に失礼しまーす」

声を張って挨拶をすると、厨房《ちゅうぼう》やパントリーのクルーから返事がある。タイムカードを切り、控室に戻った。マネージャーが奥の小部屋から顔を出した。

「香野さん、お疲れ。ほい、コレ」

手渡されたのは社員登用試験の合格通知書だ。みちかは受け取り、小さく息をついた。

「はァ、ありがとうございます」

「態度、わっるいなー。もう少し嬉《うれ》しそうな顔したら？」

「先日、内示いただけたときは嬉しかったんですけど、今改めて責任を噛《か》みしめて暗くなってるところです」

みちかは勤務先のファミリーレストラングループに正社員登用が決まった。来週から本社研修が始まり、そのあとは現在の店舗から一時的に離れ、他店舗を転々と勤務する日々が始まる。通勤事情は変わるし、シフトによってはなかなか家に帰れないことも増えるだろう。

「まあ、すぐ慣れるよ。香野さん、体育会系でしょ？　体力あって若いなら、だいたい大丈夫」

「安易に言いますけど、最近の若者らしくストレス耐性ない方なんで」

「根性のあるなしはそれぞれだよね。つまりは、香野さん次第ってことで」

実際、その通りだ。新しい環境に飛び込む前から、あまり弱気でもしょうがない。

「香野さん、なんだかんだでイケると思うよ」

「根拠のない励まし、ありがとうございます。すっごく元気でちゃう」

「心こもってないなぁ」

そこに草間が入ってきた。彼女も今日は上がりの時間だ。みちかの手の通知書を見て、にこにこ笑う。彼女にも内示が出た時点で報告はしてある。

「みちかちゃん、おめでとう！　マネージャー、今度壮行会しましょうよ。しばらくこの店舗から出るんだし」

「二十四時間勤務のファミレスでハードル高いこと言うなよ」

「集まれる人間だけで、ね？　みちかちゃんの門出をお祝いしましょうって」

「恥ずかしいよ、草間さん」

みちかは苦笑いした。きっと、強引な彼女によって壮行会は実現してしまうのだろうな、と面映《おもは》ゆく、嬉しく思いながら。

バイト後、みちかは自宅には帰らず、真っ直《まっす》ぐ太一の元を目指した。

社員登用決定は内示の時点で家族に伝えてある。最初こそ否定的だった両親は、最終的にみちかの意志を尊重してくれた。あとは結果を出すことで、両親の鼻を明かしてやろう。『正社員として頑張りたい。絶対に途中で投げ出したりしない』と堂々宣言したみちかに、『おまえの好きなようにしろ』と言った父は思ったより諦めた口調ではなかった。

思えば、両親の干渉に文句は言えど、自分から両親について理解しようとはしてこなかった。何を考えているのか、何を望んでいるのか。それはどんな心根から出た言葉なのか。

同じ人間として、人間性を無視し合うのは悲しい。それが家族なら余計だ。向き合う努力はこれからしていこう。最近はそう思えるようになった。

遅まきながら、自分の反抗期は終わろうとしているのかもしれない。

電車とバスを乗り継ぎ、母校の大学に到着した。エントランスに入ったところで太一と合流した。ちょうど、見覚えのある女子大生と一緒だった様子だ。

「こんにちは」

みちかは明るく挨拶をする。彼女は少し驚いた顔をした後、「こんにちは」と挨拶を返した。

「松下先輩、それでは失礼します」

「ああ、また」

彼女が去っていくのを見送り、みちかはふふと笑う。

「邪魔した？」

「そういうんじゃないって知ってるだろ。良い後輩だよ。変わらず」

太一が苦笑いした。その言葉に嘘《うそ》はないのだろう。

自動販売機でジュースを買い、中庭に出た。九月の大学は、まだ授業が始まっておらず、一部の学生や、院生しかいないので空《す》いている。残暑も手伝い、中庭はがらんとしていた。藤棚の作る木陰のベンチに座った。茶色の豆のさやがぶら下がり、緑の葉はまだ活《い》き活《い》きと繁茂している。

「見てよ、これ」

みちかはもらったばかりの採用通知書を鞄《かばん》から取り出した。太一にも内示が出た時点で報告はしてあるが、正式な報告は一番にしたかった。

「あらためておめでとう、みちか！」

太一が大袈裟《おおげさ》なくらい声を張り、彼にしては珍しく顔をくしゃくしゃにして笑った。

自分のためにそこまで喜んでくれるのかとみちかは照れくさくなる。

「じゃあ、今夜の飯はみちかの奢《おご》りだな。正社員なんだし」

「そこは太一がお祝いで奢ってくれるんじゃないのぉ？」

「学生にたからないでください」

「それを言うなら、私だって、正社員になるのは来週からだもん。お給料変わるのも来月からだし」

互いに埒《らち》もなく言い合ってから、夕飯の払いは保留にする。藤棚の向こうの校舎と青空を眺めた。汗の滲《にじ》む晩夏。ふたりで空人の最期の地を旅してから、もう少しで三ヶ月になる。

「これでみちかも会社員に逆戻りか」

「太一も、そろそろ就活でしょ？　それとも研究室に残るの？」

院生の中には、大学で研究を進めながら、講師の空きが出るのを待つ学生もいる。

もちろん、給料は出ないので、他にアルバイトなどをする者が多い。地方出身でひとり暮らしの太一は就職を選ぶだろうと勝手に思っていた。

「実は母校の教師から、私立の中高一貫校の教員の話がきてる」

「わお、コネ採用？」

「ばーか、紹介ってだけで、普通に採用試験受けるわ」

ふたりで少し笑って、みちかは数瞬黙った。太一の母校の……ということは、太一は東京を離れて地元に戻るのだろうか。

「あ、私立校って都内だぞ。紹介してくれた教師がもともとその学校で働いてたんだよ」

「あ、なーんだ」

「俺がいないとみちかが寂しがるからな」

「私がいないと、駄目だもんね、太一は」

そう言って、お互いの肩を小突き合った。

太一の部屋は、あの旅の後すぐに出た。それからは以前のように月一、二回の頻度で会う親友の関係に戻っている。空人の死後二ヶ月の濃密な絆《きずな》は、ふたりの間から消えた。しかし、特殊な情愛は、自分たちの深部に根深く残っていると感じる。表に出さないだけで、この先も太一はかけがえのない存在だ。

こうして冗談を言い合えるのは幸福なのだ。

空人の事件はあの後、陸の逮捕でわずかに報道されたが、目立ったものではなかった。結局、マスコミはより新しくセンセーショナルなニュースの方が大事なのだろう。空人は殺人死体遺棄の罪で、容疑者死亡で送検された。陸は死体遺棄で逮捕送検されている。

太一とみちかは、県警の刑事から事情聴取を受けたが、遺書の送り先だったというだけでそれ以上のことはなかった。ただ、空人のことを何も知らない刑事に、空人のことを伝えるのは少々辛《つら》かった。空人が殺人を犯した事実を見つめ直す作業だったからだ。

「陸くん、まだ裁判中だよね」

「ああ。大学は中退したって」

陸は起訴され、死体遺棄の罪で裁判を受けている。太一は弁護士を通じて連絡を取ったようだ。いずれ三人で会おうと約束をしたが、現状ではまだずっと先のことになりそうだ。

「これで、よかったかかな」

「どうだろう」

太一がベンチに手をつき、藤棚の天井を仰《あお》いだ。

「空人が化けて出てくれないから、わかんねえや」

「ホント、それですわ」

みちかも同じように天を仰ぐ。残念ながら、空人の幽霊は出てこないし、夢にだって、たった一度出てきてくれたきりだ。空人はまだ、こちらに合わせる顔がないとでも思っているのかもしれない。

空人が殺人というけして許されない罪を犯したことは間違いない。そのことについては、いまだに言い様のない嫌悪と苦しさを覚える。なんて馬鹿なことをしたのだろうとも思うし、死という逃げ方をしたことも卑怯《ひきょう》だと思う。結果、残された陸ひとりが、裁かれているのだ。

それでもなお、みちかの恋は消えたとは言い切れない。心の奥底に空人がいる。変わらない笑顔で、みちかを見つめている。

このままでいいと現在は思っている。空人を思いだすときに、恋心は切っても切れないものだ。無理になくす必要はない。

「俺さ、空人に恋したときから、自分が幸せになれることはないって思ってた」

不意に太一が言った。

「最初から諦めた恋だった。だから、みちかに感情移入したんだ。俺の大好きな女が俺の大好きな男と付き合うことで、自分の行き場のない恋心を救ってやりたかった」

「だいぶ歪《ゆが》んでるじゃん」

みちかは笑う。太一も笑った。

「ようやく思えるよ。空人を好きになったこと、なかったことにしたくない。この気持ちを認めてやれるのって、俺だけだもんな」

「私もいるよぉ」

「ああ」

太一が清々《すがすが》しく言った。

「またいつか、誰かを好きになれるかもしれない。そのときは、誰のせいにもしない。誰に願いも託さない。俺の全部で好きになるよ」

「うん、いいと思う。すごくいい」

太一の心の変化がみちかは嬉しい。みちかの中に吹きだした風が、太一にも吹いている。やはり、自分たちはとどまっていられないようだった。望むと望まざるとにかかわらず。それが生きることなのだろう。

空人はもういない。

恋も友情もすべて持って、この世界から飛び出して行ってしまった。それは、勝手な行動だっただろう。殺されたアンに、その家族。みちかも太一も、他にも多くの人間が苦しんだ。殺人は絶対に許されるものではないし、自殺だって容認できない。しかし、空人の腕を摑《つか》んで引き止めることは、自分にも太一にもできなかった。それは悲しいけれど、どうにもならないことでもあった。

空人の死は日常に紛れ、いつか痛みすら忘れてしまうのかもしれない。それでもみちかは何度でも空人を思いだす。思いだそうと努める。生ある限り繰り返していく。いつか恋をする日もあるだろう。たったひとりの誰かを、切なく愛《いと》しく見つめる日がくる。そんな日をどこかで楽しみに思えるようになった。

「好きな人ができたら、最初に紹介してね」

「もちろん」

太一が明るい笑顔で答える。みちかは嬉しくて泣きそうで、目を細めた。

小学館文庫
好評既刊

余命3000文字

村崎羯諦

ISBN978-4-09-406849-8

「大変申し上げにくいのですが、あなたの余命はあと3000文字きっかりです」ある日、医者から文字数で余命を宣告された男に待ち受ける数奇な運命とは——？（「余命3000文字」）。「妊娠六年目にもなると色々と生活が大変でしょう」母のお腹の中で引きこもり、ちっとも産まれてこようとしない胎児が選んだまさかの選択とは——？（「出産拒否」）。「小説家になろう」発、年間純文学【文芸】ランキング第一位獲得作品が、待望の書籍化。朝読、通勤、就寝前、すき間読書を彩る作品集。泣き、笑い、そしてやってくるどんでん返し。書き下ろしを含む二十六編を収録！

小学館文庫
好評既刊

新入社員、社長になる

秦本幸弥

ISBN978-4-09-406882-5

未だに昭和を引きずる押切製菓のオーナー社長が、なぜか新入社員である都築を社長に抜擢。総務課長の島田はその教育係になってしまった。都築は島田にばかり無茶な仕事を押しつけ、島田は働く気力を失ってしまう。そんな中、ライバル企業が押切製菓の模倣品を発表。会社の売上は激減し、ついには倒産の二文字が。しかし社長の都築はこの大ピンチを驚くべき手段で切り抜け、さらにライバル企業を打倒するべく島田に新たなミッションを与え——。ゴタゴタの人間関係、会社への不信感、全部まとめてスカッと解決！　全サラリーマンに希望を与えるお仕事応援物語！

小学館文庫
好評既刊

セイレーンの懺悔

中山七里

ISBN978-4-09-406795-8

不祥事で番組存続の危機に陥った帝都テレビ「アフタヌーンJAPAN」。配属二年目の朝倉多香美は、里谷太一と起死回生のスクープを狙う。そんな折、葛飾区で女子高生誘拐事件が発生。被害者は東良綾香、身代金は一億円。報道協定の下、警察を尾行した多香美は廃工場で顔を焼かれた綾香の遺体を目撃する。綾香がいじめられていたという証言で浮かぶ少年少女のグループ。主犯格の少女は小学生レイプ事件の犠牲者だった。マスコミは被害者の不幸を娯楽にする怪物《セイレーン》なのか――葛藤の中で多香美が辿り着く衝撃の真実とは。報道のタブーに切り込む緊迫のミステリー。

小学館文庫
好評既刊

あの日、君は何をした

まさきとしか

ISBN978-4-09-406791-0

北関東の前林市で暮らす主婦の水野いづみ。平凡ながら幸せな彼女の生活は、息子の大樹が連続殺人事件の容疑者に間違われて事故死したことによって、一変する。大樹が深夜に家を抜け出し、自転車に乗っていたのはなぜなのか。十五年後、新宿区で若い女性が殺害され、重要参考人である不倫相手の百井辰彦が行方不明に。無関心な妻の野々子に苛立ちながら、母親の智恵は必死で辰彦を捜し出そうとする。捜査に当たる刑事の三ツ矢は、無関係に見える二つの事件をつなぐ鍵を摑み、衝撃の真実が明らかになる。家族が抱える闇と愛の極致を描く、傑作長編ミステリ。

――本書のプロフィール――

本書は、小学館文庫のために書き下ろされた作品です。

小学館文庫

置《お》き去《ざ》りのふたり

著者　砂川雨路《すながわあめみち》

二〇二一年八月十一日　初版第一刷発行

発行人　飯田昌宏

発行所　株式会社　小学館

〒一〇一-八〇〇一
東京都千代田区一ツ橋二-三-一
電話　編集〇三-三二三〇-五九五九
　　　販売〇三-五二八一-三五五五

印刷所 ―――― 中央精版印刷株式会社

この文庫の詳しい内容はインターネットで24時間ご覧になれます。
小学館公式ホームページ　https://www.shogakukan.co.jp

ISBN978-4-09-407054-5